U0092413

# 語言漫談

◆吳甕銘　著

# 前言

進入二十一世紀，政府把英語教學納入國小正規教學體制後，大學也紛紛設立英語能力畢業門檻，更有甚者，政府計畫公務人員將來亦須通過英語能力評鑑，英語學習熱潮已然席捲全台。原因無他，欲成爲一位二十一世紀地球村的現代公民，具備基本的英語能力已是一項不可或缺的共識。

在英語的學習之中，語言學知識扮演著相當重要的角色。早年由於這方面知識的缺乏，國內英語教學「重讀寫、輕聽說」及「重文學語言、輕口語和通俗用語」的教學方式，一向爲人所詬病。學了至少七年英語的大學生，無法實用英文，在過去並不是希罕的事。

值得慶幸的是，最近二十年來，隨著愈來愈多的語言學領域留學生學成歸國，英語學習新觀念也跟著帶進了國內，諸如英語學習年齡的往下延伸、聽說能力及實用英文的強調，等等，英語教學已大幅度擺脫過去的傳統方式。如今，學生英語能力提升的成效也愈來愈明顯。

然而，有關語言研究的科學領域「語言學」對於多數人來說，仍是相當陌生的領域。本書出版的目的，除了希望能夠對一般大眾作介紹之外，也希望能夠針對一般語言學習觀念作說明。期使每位讀者能夠在自己的語言學習上面，找到正確方向，或者在教育下一代時，也能夠掌握正確時機及其模式。

本書分爲「語言學」及「語言學習」兩篇單元。語言學篇著重在語言學專業領域裡某些主要觀念的簡要介紹及說明，適合一般大學生及對語言學有興趣者；語言學習篇則整理過去七、八年來，學生、小學教師、及家長反應的 100 個語言學習方面問題的答覆及簡單探討，適合一般對語言學習有興趣的人。

拜秀威資訊科技公司 BOD 出版方式之賜，本著作方得以出版，在此特別表達我真誠的感謝。讀本中如有任何錯誤，還望同行先進不吝來函賜教，則感激不盡。

吳釁銘　西元二〇〇九年二月十九日完稿於台中

# 目　次

## 貳、語言學習篇

# 壹、語言學篇

# A、一般語言學基本觀念

## A-1：語言是什麼？

對多數人來說，語言是再稀鬆平常不過的一種溝通工具而已，鮮少有人會想去瞭解這個幾乎無日不離身的工具到底有何奇妙結構之處：爲何我們很自然就能不自覺得學會母語？爲何我們不需思索的就能嘰哩咕嚕的講出句子來？爲何我們隨時都能講出新句子來？爲何成人學習語言就比較困難？爲何我們講的英文帶有中文口音？爲何英文不似中文那麼容易學習……等等。事實上，語言不僅僅是一種溝通工具而已，因爲如果我們把人類的語言，定義爲一種溝通工具，那麼人類的語言就跟其他動物的溝通系統一樣，並無異同。

語言學家發現，人類的語言存在著一些動物的溝通系統裡找不到的特質。例如，人類的語言其符號與意義的關係大致上是任意的，也就是說，是人類自己決定什麼樣的符號代表什麼樣的意義。絕大多數人類語言符號與意義的關係，並非自然天生；然而，動物的溝通系統，其符號與意義的關係，卻是自然天生的，不是隨意的。動物所表現出來的肢體信號，與其所欲傳達的訊息，通常是一致的。例如，一隻張牙舞爪的老虎，所表現的，即爲一種警告訊息的傳遞。但是，一個揮舞著拳頭的人類，卻不一定在傳達警告的訊息，因爲此人有可能是在演戲、開玩笑、或假裝；但是對老虎而言，這些僞象都是不可能的。

除此之外，人類的語言需要學習，而動物的溝通系統是遺傳內建的。人類小孩子的語言，並不是被教導出來的，小孩子需要被暴露在語言環境下，其天生的語言學習系統才會啓動，驅使小孩子不自覺得從其所處之語言環境中，習得語言。一個自幼不處於語言環境的小孩子，是無法學習到語言的。由於動物的溝通系統，一出生即擁有，牠們並不需要學習。但也因爲如此，其所能使用的溝通信號（signals）是有限制的。反之，需要學習的人類語言，其所能使用的語言符號則是無限的。

人類的語言也還能把無意義單元音素（例如，我們的ㄅㄆㄇ注音符號），作極大無限的組合，並賦予意義。絕大多數動物的溝通訊息都無此功能。人類還能隨時隨地使用語言談論不在現場的人、事、物，超越所處的時空，指東道西。多數動物，除了蜜蜂之外，只能針對視線所及的現場狀況作訊息反應。

人類的語言使用者能夠隨時創造產生新訊息，而不是一而再，再而三的重複使用舊的訊息。也就是經由此創造力，我們才不需要做逐句的學習。我們並不是想講什麼，才去學習其內容，人類的語言創造力，讓我們得以隨時隨地作任何想要的表達。動物的溝通系統缺乏此創造力，牠們局限在有限的表達當中，終其一生僅能一而再，再而三的重複所使用過的舊訊息。人類的語言並沒有這樣的限制，唯有人類語言才具備此創造力特質。

動物的溝通系統只是固定的一些訊息，並無組合創造新訊息的現象，所以，根本談不上結構的問題。然而，人類的語言結構並不是一串隨意的組合。任何已知人類的語言結構，皆具規律性，即使語言與語言之間的規律不盡相同。即便小孩子時期所使用的一些不像大人語言結構的過渡性質結構，也有其規律性。

從以上幾點討論來看，雖不離人類主觀，卻仍多少看得出來，人類語言的確存在著多數其他動物溝通系統所沒有的特質。語言可以說是人類之所以爲人，而非其他生物之重要特徵之一。

## A-2：語言學是什麼？

一般人也許會認爲，研究語言學的人，是指通曉數國語言的人。這只對了一半，因爲語言學者可以指通曉數國語言的人，也可以指研究語言的人。不過，在語言學領域裡，語言學家通常指的是後者。所以，語言學指的是，使用有系統的方法研究語言的一門科學領域。這個定義通常也伴隨著更進一步的解釋，也就是，語言學的研究是客觀的，透過描述人們如何使用其語言，把人們腦海中所知道的文法規律，客觀地、正確地描述出來。語言學遠大的研究目標，並不是要來教導人們如何正確無誤地使用其語言，而是要來揭露人類語言的奧秘。

## A-3：語言學有那些領域？

語言學可分爲主要核心領域和次要合作領域。主要核心領域有語音學、音法學／音韻學、語形學、句法學、語意學、語用學。次要合作領域是指，語言學與其他領域合作產生的研究領域，有和社會學領域合作產生的社會語言學、和資訊科學領域合作產生的電腦語言學、和心理學領域合作產生的心理語言學、和語言教學領域合作產生的應用語言學、和人類學領域合作產生的人類學語言學、和哲學領域合作產生的哲學語言學、和文學領域合作產生的風格學語言學、和腦神經學領域合作產生的腦神經語言學。

## A-4：文法是什麼？

一般人認爲的文法，指的就是學英文時的句子文法。然而，語言學的文法，不但指句法層面的文法，還是語言各層面建構的規律統稱：語音有語音的文法（語音的排列順序規律），意義也有意義的文法（意義的使用規律），單字結構也有單字結構的文法（單字結構的組成規律），即便在語言的實際使用上，也有其使用法則。

語言學的文法，一般區分爲描述性文法和規範性文法。前者指的是，描述母語使用者自幼習得，存於腦中的那一套自己都無法敘述的文法系統。由於任何母語使用者，一定都懂得自己母語的文法（否則他／她就不能正確的使用其母語了），而語言學家針對某一用語現象作調查，所研究、分析出來的規律也就是描述性文法。後者指的則是，傳統的古典主義文法學家所訴求的文法模式。對這些人而言，語言有好壞之分。他們希望教導人們如何正確的使用語言，因而會去規範他們所認爲是好的、正確的文法模式，而去糾正所謂「壞的、拙劣的」文法。

這種文法即稱為規範性文法。我們學英文時所學的文法，即為規範性質之文法。

## A-5：有流利的口說語言能力就等於擁有豐富的語言知識嗎？

任何人的母語語言知識（＝語言能力）是指，其內在、不自覺的文法知識，而一個人的語言表現則是指，此人實際上如何地呈現語言的使用。我們的語言知識能夠讓我們把一個句子作無限的延長，然而實際上我們的語言使用，卻不一定會想要或能夠如此表現，所以兩者的關係並不是相等的。有時候由於一些生理（例如，頭痛）或心理（例如，害怕、膽怯）的原因，我們會有言語失誤的現象，這是我們實際上語言的表現，但這並不代表我們的語言知識不足。有語言能力是一回事，能否把此能力完全表現出來，有時又是另外一回事。例如，有些小說家想像力極其豐富，透過其內在語言能力，常可創造出令人讀不釋手的作品來。可是，此內在語言能力，卻不見得能化作同等的口語表現。

## A-6：鸚鵡會說人話嗎？

從手語的存在可以得知，人與人之間或動物與動物之間溝通的成敗，並不絕對取決於聲音的使用與否。即便使用聲音，並不一定代表訊息的傳遞。例如，過去認爲鸚鵡會講話，現在已經知道並不正確。鸚鵡只是模仿、重複說出被教導或聽到的語音。鸚鵡本身根本不曉得自己所發出的聲音的意義。這個現象跟有些小孩子喜歡模仿外國人的語音講話，然而，自己根本不曉得自己在講什麼一樣。因而，鸚鵡講人話並不具有相互傳遞訊息的溝通功能。

## A-7：最初的語言是怎麼來的？

「人類語言是怎麼來的？」不僅僅是語言學家，也是一般人有興趣想知道答案的問題。可是，幾十年來所能提出的可能答案，都僅屬臆測或推論，仍然缺乏實證。目前提出的人類語言起源理論，有從各地普遍留流傳的神話而來（咸信語言乃神或上天的賜予），有認爲是人類自己創造的觀點，也有認爲是自然演化而來：先有聲音，然後再逐漸演化成有意義的音符，等等。總之，此問題現在僅止於理論揣測的階段，目前仍然無正確解答。

## A-8：腦神經語言學是什麼？

過去人類對於頭腦的功能和作用就一直很好奇，而想去瞭解，但限於科技能力，總是無法突破。現在由於科學進步，已能透過儀器研究頭腦的諸多功能。當代語言學也因此出現了研究頭腦和語言關係的一門學科：腦神經語言學。一位母語使用者，通常具備其所使用母語各方面的語言知識與能力。腦神經語言學主要研究，這些語言知識與能力是如何呈現在我們的頭腦裡面：頭腦和語言彼此互相存在何種關係。

## A-9：為何人類比較聰明？是頭腦比較大的關係嗎？

其實地球現存的生物上，人類的腦容量（約介於 1200 至 1500 公克之間）並不是最大的，藍鯨才是，腦容量近 10000 公克。顯然，腦容量大小與智商無關，否則今天地球的霸主應該是鯨魚，而不是人類。事實上，愛因斯坦的腦容量也只有 1230 公克，低於人類平均值。似乎，光以人類而言，也可看出腦容量大小不是決定聰明與否的要素。

人類爲何比較聰明有兩種講法。一、人類腦部組織佔人體體積約百分之五，是所有物種裡面最適合的比例。鯨魚反而呈現體大腦小的糟糕比例。因此，以比例而言，人類的頭腦是最好的，依此比例而言，腦部是人類非常重要的器官。二、生物智慧高低與腦部使用比例有關。據稱，多數人類目前只使用了百分之二的頭腦能力。論者認爲，這可從嬰兒剛出生至長大成人的智力變化，看出來爲何愈常使用的頭腦，就愈靈光。因此，這個論調可說明，爲何讀書能開啓智慧。

## A-10：右撇子的人語言能力真的比較好嗎？

由於人類的左腦是掌控語言的區域，而人類身軀有對立側向化的現象，也就是，右腦控制身體左側，左腦控制身體右側。因此，一般而言，右撇子的左腦在發育上會比右腦優異，是所謂的優勢腦。所以，理論上，右撇子的人語言能力會比較佔優勢。對左撇子而言，右腦是他們佔有優勢的腦，例如，他們的一般音樂能力就會相對佔有優勢，因爲掌管音樂能力的腦部區域位於右腦半球。但是，人類語言的完整運作是全腦多區域功能通力合作的結果，非單獨左腦語言區所能獨立表現，因此，語言能力好壞並非全然取決於左右撇子的差異。

## A-11：為何西方人左撇子比較多？

感覺上，西方人左撇子比較多見的原因是，他們小孩子的父母親，並不會隨意矯正小孩子天生的左右手。華人，也許由於使用筷子的原因，喜歡把左撇子的小孩子，改去使用右手。也因此，我們左撇子的人就少了很多。但是，誠如 A-10 所言，小孩子天生的左右手，有其生理上的意義。如果父母親妄自更改小孩子天生的左右手傾向，不但會使得其天生的優勢弱化，原來的非優勢左腦也不會因改用右手，而成爲優勢腦。爲人父母者不可不愼。

## A-12：家有智障兒該如何？

愈來愈多的實驗研究顯示，人腦的確是側向化和模組方式的結構（含有很多小區域功能體，各區有各區的獨立功能）。因此，小孩子有語言學習障礙或其他智力遲緩的現象，並不代表這個小孩子就是個廢物。現在很多研究都顯示，人腦呈現多部門及功能自主的現象：腦部某方面異常，但其他部門仍能正常運作。

智力發育遲緩、有障礙的小孩子，其 IQ 也許並不高，或遠低於常人，但是他在很多方面還是正常的，有時候甚至會有優於一般人的表現。歐美地區已經發掘很多這方面的天才，英文稱這類人爲 savants（專家）。這些已知的 savants 的一個共同特色就是，都有某方面的腦部殘疾，但在其他腦部某區域，卻擁有超越一般人的特殊能力，例如，音樂方面的亮麗才華、優異的數理、記憶、圖像或語言能力，等等。Discovery 頻道也曾經特別專輯報導此類專家。因此，家有智障兒的家長應該好好觀察，發掘他所擁有的其他能力，而不是放棄他。

## A-13：語言學習有關鍵期嗎？

語言學裡有一說法，稱爲「關鍵時期假設理論」。此假設認爲，小孩子的某段時期爲語言學習黃金期。但此段時期爲何時，存在不同看法。有些認爲從出生至 2～3 歲；有些則認爲從出生至約十歲時；或者也有人認爲此段時期指的是，小孩子青春期前的時間；更有些學者甚至不認爲有此時期存在。

但無論何種理論，語言學習關鍵時期的存在，目前已是一股主流觀點。不論此時期指的是那一段時間，小孩子在此時期的語言學習，的確是不自覺的、容易的。小孩子在不知不覺中習得了母語，完成了人類文化傳承的第一步。如非大自然的巧妙安排，小小孩童如何能夠在短短三、四年間，習得這麼複雜的語言結構？對照成人第二語言學習的諸多困難，此關鍵時期的存在饒富意義。

## A-14：人類的記憶容量大還是真實的辭典容量大？

我們通常使用辭典來查詢不懂的單字。書店買到的辭典是一種眞實的辭典，透過查閱，我們即可知曉所欲查詢單字的相關訊息：此字如何發音、意義爲何、此字出現在句子的例句、及其相關用法的說明。但是一本辭典所能容納的範圍有限。然而，每個人頭腦裡面所擁有之母語辭典的容量，則是無限大。所謂的「在腦中運作的辭典」，亦稱爲心智辭典，指的是，當一位母語使用者說，他懂得某個單字時，意謂他懂得有關此字的發音、意義、句法位置，拼法及語用等等方面的語言資訊。這種現象就如同腦中有部辭典一般。

兩種辭典何者語彙容量爲大？答案顯而易見：眞實的辭典容量有限大，人類的心智辭典則爲無限大。試想，一個人一生中，頭腦所吸收的訊息的量，就可知道爲何無限大，因爲從來沒有一個人會覺得他已經吸收飽滿，再也無法吸收知識了。更何況，人類頭腦所儲存的無窮影像資料，當今無一電腦能與之相比（即使超級電腦都有其有限記憶容量），光從此就可立判高下。

## A-15：中文和英文在結構上有何不同？

中文在結構上是一種表意語言，也就是說，中文以字爲識別標誌；而英文是一種表音語言，也就是說，英文是一種以語音符號爲識別標誌的拼音語言。拼音語言由於只需要約 30～40 數目之語音符號，即可運用產生無限多組合，是目前公認最爲簡單方便的一套語言系統。

在世界上的語言裡面，中文的結構少見。西方語言學觀點認爲，中文不像拼音語言，可以在單字（尤其是動詞）上面做結構改變，來表達文法方面的意義。例如，如果把英文的動詞 look 在字尾加上 ed，則 looked 含有「『看』這個動作是發生在過去」之意。同樣的中文表達，則須另外使用表示過去時間的功能詞，例如，昨天，來表示。因此，中文因結構使然，在語言學上被視爲是一種孤立的語言。

## A-16：語言的研究起源於何時？

早在西方歐洲的古羅馬、古希臘時期，語言的研究就已開始。東方古印度也有對梵語或婆羅門語的研究，而古中國也不遑多讓。例如，在上古漢語時期，大約在周宣王至周幽王期間所出現的詩經，即是當時民歌韻律、語言方面的一本著作。及至後來中古漢語時期的切韻和現代漢語初期（宋朝時期）的等韻圖，皆可視爲有關語言方面的研究記錄。但是，當時的語言研究，尤其在歐洲，僅止於區域性及以當時主流語言爲主要對象。

現代語言學並非起源於當時這些的研究，現代語言學乃源自十七世紀歐洲一些學者和哲學家對語言產生好奇，進而出現的語言研究；隨後到了十九世紀末，更出現了對現代語言學發展影響最大的知名瑞士語言學家 Ferdinand de Saussure。從 Saussure 被尊稱爲「語言學之父」，就可知其貢獻。而二十世紀的美國人類學者，也透過一些瀕臨消失印地安語的研究，同時努力於獨立的美國語言學領域的建立。兩方面的努力都因而奠下現代語言學研究的基礎。

## A-17：語言的奧秘何時能揭開？

從二十世紀中期至今幾十年來的語言研究成果相當豐碩，即使從古羅馬、古希臘，古印度、古中國時期歷經千年的研究，都遠不及現代語言學短暫開疆闢土的成就。然而，這並不表示語言的奧秘很快就能揭開，根據開啓語言學新時代及掀起革命性的語言研究新思維的現代語言學大師 Noam Chomsky 的說法，語言的奧秘仍須歷經一段相當長時間，也許一世紀或更長，才有可能眞正被瞭解。

## A-18：目前世界上的語言有那些寫作系統？

人類口說語言已有百萬年歷史，但是書寫的歷史卻僅有六千多年。考古學家偶爾在洞穴裡發現的史前圖案，並非文字，嚴格說來僅是一種美術畫作。從語言學的觀點來看，一套眞正的文字寫作系統須具備規律性、共識性、及實體性。也就是說，它的組成結構是有規則的，這套符號是使用者都接受的，它是具體有形的。透過這樣的一套文字寫作系統，人類的思想得以具體表達，人類的文化得以傳承，文明因此得以建立。

早期的文字寫作系統多爲非語音關聯性質，也就是，文字符號與發音無關。例如，圖像文字系統、意義符號文字系統、楔形文字系統、象形文字系統、還有中國文字使用的字體文字系統。現代文字寫作系統則多爲語音關聯性質，也就是，文字符號與發音有關。最代表性的當屬拼音文字系統，而我們所熟知的英語即爲拼音文字系統。此系統號稱爲最經簡好用的文字系統，也因此，多數新語言皆採用拼音文字系統。其餘現代文字寫作系統，還有以日語爲代表的音節文字系統和以阿拉伯語爲代表的子音字母系統。

## A-19：為何一般歐洲人的英文似乎能夠學得比我們好？

一般的確覺得，在歐洲，除了以英語爲母語的國家之外，其他歐洲人的英文程度似乎也比我們好很多，至少在口說表現上是如此。可是英文也是他們的第二或第三語言，爲何呢？其實這是有原因的：因爲很多我們所熟知的歐洲語言，例如，荷蘭語、德語、葡萄牙語、北歐語、西班牙語、意大利語、法語、希臘語、俄語、等等，都和英語同屬一語系：印歐語系。尤其，英語和荷蘭語、德語、北歐語更進一步屬於印歐語系裡的日耳曼語系，語源關係更密切。因此，英語的學習當然會比非印歐語系的中文使用者，更容易、效果佳。

當兩個語言有近親關係時，語言結構上就會有很多相似點，學起來自然就容易許多。好比同屬漢藏語系的廣東話、閩南語、客家話皆有相似的語言結構，彼此的母語使用者要學習對方的語言，相對的就會比非屬漢藏語系的母語使用者的學習，要來得更容易。

## A-20：語言學和語言教學之間存在著什麼關係？

語言學家透過對語言的研究，瞭解諸多語言產生和運作的過程，進而得以從中掌握有效語言學習的要領，促進語言學習的效果。通常一個語言理論能夠被應用在教學上時，都是已經經過階段性的研究：語言結構的研究→語言習得的研究→語言實際使用的研究→語言教學的研究。例如，以句法而言，語言學家瞭解到，我們是學習有規律的句型，然後再透過我們天生的語言創造力把句型作無限的組合，我們因而能夠一直產生無限多的新語句來。

所以，瞭解此點，在語言的教學上，老師就能避免把學生帶往錯誤的方向。台灣早年英語的教學即缺乏語言學方面的認識，不曉得拼音語言的學習要領，走了多年的冤枉路。直到語言學帶入台灣後，對於語言的學習才有了新的認識。政府把英語教學納入國小正規教學體制，從語言學的角度來看，即是很正確的作法。

## A-21：所謂的「洋涇濱」是一種什麼語言？

洋涇濱是屬於一種混合型通用語：兩種（或以上）語言混合產生形成，通常以某語言爲基礎，然後再逐漸發展成自己的系統。洋涇濱是一種簡易且相當有條件限制的語言系統。當人們互相沒有共同語言時，爲了達到最基本的溝通要求，混合型通用語就容易產生。

所以，洋涇濱通常不會是人們的母語，而且被使用的地方也多有限制，其中尤以外國貿易港口特別容易產生。太平洋或大西洋很多小島的貿易港口，就有很多各式各樣的洋涇濱。早期美軍協防台灣時的基隆港和高雄港，也有中英結構的洋涇濱產生，但隨著美軍協防的結束，這些洋涇濱英語也跟著逐漸消失。中國上海在二次大戰前也都出現過洋涇濱。此例說明了，洋涇濱有時候會隨著其當初產生目的的結束而消失。可是，如果洋涇濱一直存在，並成爲當地兒童的母語時，這些以洋涇濱爲母語的小孩子，長大成人後所講的語言，就不再稱爲洋涇濱，而叫做克里歐語（creole），因爲此時的語言結構已比洋涇濱時期還更複雜，有系統。克里歐語如果還繼續傳承好幾世代，一個完整的語言就會出現。

## A-22：什麼是畫迷原則？

文字歷史的最開始階段是，以圖形表示物體的圖畫系統。此階段所使用的圖形，都以當時該物實體存在的模樣摩擬而成，因而容易辨識。但當圖形符號已看不出其所呈現的物體意義時，就會變成音符：透過語音表達意義。畫迷原則（The Rebus Principle）就是使用音符在字母或文字前後，作意義的表達。例如， love you。就是一個音符，表示“I”的意思。蜜蜂圖形放在字母 R 旁邊：R，則指 beer 之義；同理，K 是 beak，等等。現在某些場合或猜謎遊戲仍常使用此畫迷原則。

## A-23：與中文屬於同一語系的還有那些語言？

在語言學的分類上，中文屬於漢藏語系（Sino-Tibetan），其他此語系的成員還包括使用於東南亞緬甸的緬甸語（Burmese）、使用於南中國的廣東話（Cantonese）、使用於東南中國的客家話（Hakka）、使用於中國東方和台灣的閩語（Min）、使用於西藏的藏語（Tibet）、和使用於中國中東部的吳語（Wu）。中文（＝漢語）則使用於中國北方，但現在已是共通的國語／普通話。

漢藏語系的語言雖不多，但在僅有的七個語言裡面，就有四個語言的使用人口位於全世界 25 名之內：世界第一的漢語、第二十的廣東話、第二十一的吳語、和第二十五的閩語。所以，漢藏語系是世界上滿重要的一個語系。

## A-24：一個語言含有的外來詞彙量的多寡有何意義？

只要任何一個國家與其他講不同語言的國家接觸，外來詞彙就有可能出現。幾乎每個國家都會有外來詞彙，差別只在量多量少。英語、日語都有大量的外來詞彙。一般來說，從一個國家外來詞彙的多與少，可以判斷出該國開放的程度，或與其他國家接觸的多寡，和平的或非和平的。像英語裡大量的法語詞彙，多數是在法國佔領英國時期進入英語詞彙的。

透過中文裡的外來詞彙，我們也可以看出中國與其他國家民族接觸的情形。原則上，中文裡的外來詞彙從古時候到現在，是由少變多。以台灣而言，最近幾十年來，是中文外來詞彙增加最多、最密集的一段時期。如果仔細觀察中國大陸外來詞彙的變化，會發現在文革時期的十年間，外來詞彙的出現呈現停滯現象。改革開放後，又呈現大幅增加的情形。這些都在在說明了外來詞彙的出現，與一個國家開不開放有很密切的關係。

## A-25：語言的使用如何反映一個社會的性別意識？

由一個人對別人或某物、事之稱號的使用，就可約略知曉其心中態度。例如，一般對國家領導人稱呼「總統」是一種尊敬，反之，見到總統時，卻稱呼為「先生」或「女士」則也許表示此人心中對此領導人的不認同。或者，稱呼台灣的證嚴上人為尼姑，星雲法師為和尚，雖然兩人的確是尼姑與和尚，但是以在台灣對他們兩位習慣上的尊稱，此時尼姑與和尚的稱號就難免有鄙視之嫌。除非在稱號裡就已含有尼姑或和尚在內。例如，埔里中台禪寺的唯覺老和尚，稱之爲和尚，就不會覺得不適當。美國也有很多用來鄙視人家的稱號，例如，用 Chinaman 來鄙稱中國人或 nigger 來鄙稱美國黑人。現代台灣也有一些類似例子。例如，用「恐龍妹」稱呼醜胖之女子。

但是，有時候不一定要透過稱號的使用，才能了解一個人心中想法。從一般語言的使用，也可略知一二。像過去英文一般第三人稱，習慣使用 he 來代表，或使用 man 來代表兩性，都算是一種性別歧視。

我們日常生活中，會對女性採取的言語上或非言語上的禮讓，都已說明這是一個有性別歧視的社會。中國很多語彙裏面就充滿了對女性歧視的字眼。例如，我們只聽說「偷男人」卻沒聽過「偷女人」的說法。當然，現今使用的「外遇」已是中性名詞。但是，無論如何，語言都只是一種表達工具，好的或壞的語言表達，都只是一個社會情況的反映而已。

## A-26：何謂通用語？

在台灣的人，多數懂得兩種以上之語言，因此互相可以隨時選用語言溝通。

例如，上班時講國語，在家裡時講閩南語或客家話或任何其他自己的母語。但是當一個多語區的人並不懂得互相的語言時，便會產生一種通用語以供大家溝通上使用。這種通用語有兩種形式：混合型與非混合型。像英語就是一種非混合型之世界通用語。

在中國，漢語也算是一種非混合型之通用語。史瓦希利（Swahili）則是非洲非混合型之通用語。非混合型之通用語可以是自然產生，也可以由政府主導產生。像我們的國語，就是由政府主導產生。英語則是世界潮流下，自然產生的非混合型通用語。

## A-27：小孩子的語言能力不是模仿來的嗎？

很多人也許會認爲，小孩子是透過模仿周遭大人講話的語音，因而習得語言。其實，這個說法只有部分正確。語言學習上，小孩子的確有模仿現象，但如果仔細觀察，卻又發現他們並非照單全收，而且有些結構並非模仿而來。最重要的是，我們論無法解釋，小孩子的新句子是如何產生的？顯然，小孩子不是靠著模仿來學習語言。其實，與其說小孩子的語言習得是一種模仿的過程，還不如說它是一種自然的現象，一種與生俱來的語言學習現象。

## A-28：方言是什麼？中美兩國的方言有何不同？

當一個國家兩個地方的人民，語言型態存在著發音、單字、文法等等方面上的細微差異，而且這些差異並不會造成相互之間理解的障礙，只不過是呈現一個地區在語言某方面的特殊性而已。這種語言表現差異就稱爲方言（dialects）。

一個國家的各地區通常都自成一方言體系。所以，一般而言，方言是指不同地區，在同樣語言上，有些微的一致性差異。而且這種差異，以口音最爲明顯。一個人的口音通常可以透露「你是來自哪裡的人」與「此語言是否爲你的母語」。

在台灣，很多人大概都可以很輕易從一個人的口音，辨識出此人是否爲台灣土生土長的居民，還是來自中國大陸的人，抑或是遠嫁來台灣的外籍新娘，或來台灣打工的外勞。但是，由於台灣地方小，地區性口音差異不是很明顯，有時候並不容易從本土居民的口音，知道此人來自台灣何處。例如，你能夠很容易從一個人的口音知道他是北部人或南部人嗎？

像中國大陸地方大，北方口音、南方口音就可以很清楚地顯現。這一點在土地廣大的美國也一樣，一個人的英語口音可以約略透露你來自東部、西部、南部、或北部。在國際上，一個人的英語口音，通常指的是，你是英國口音、美國口音、加拿大口音、或澳洲口音、等等。以美國來說，他們的英語只有口音上的不同，但大致都還能互相溝通、了解。

世界上多數國家的方言都是，一種在同樣語言基礎上，有些微一致性結構差異，但能相互溝通的地方語言。但是，在中國，方言的定義並不容易用「是否能相互溝通」來界定。像閩語、廣東話、客家話、吳語、跟還有很多地區的住民語言，雖說也是一種中國的方言，但是它們之間並無溝通性，與其說是一種方言，其實更像一個獨立的語言。

以閩語、廣東話、客家話而言，這種類似「獨立的語言」的形成有其歷史背景。西晉末期五胡亂華，中原地區淪爲胡人興兵作亂之地，百姓因而大舉南遷，把當時的漢語，也就是閩語、廣東話、客家話的綜合體，帶入今日中國東南部地區。唐末兵亂，另一批中原百姓再度南遷。之後，中原地區的語言隨著潮流時勢一直在作發展、改變，而移入東南部地區的晉、唐漢語（在音韻史上，稱爲中古漢語）受到地形阻隔影響，並沒有受到巨大的衝擊，產生大變化，僅細部分支爲閩語、廣東話、客家話。這也是爲何這三個方言，語音很相像的原因。

中原地區的漢語演變到最後，卻是滿清的北京官話成了國語／普通話。保留晉、唐古音的閩語、廣東話、客家話就成了好像講外國話的方言。

## A-29：禁忌語是指什麼？

每個社會都會有一些民俗禁忌，其中也包括語言方面的禁忌。但是，某個社會的語言禁忌有時候在其它社會卻是被允許的，所以這種語言方面的禁忌與語言本身無關，完全是一種個別社會下之人爲產物。例如，美國的社會裡，詢問人家的收入是一種禁忌；詢問一對同居男女爲什麼不結婚，同樣是一種禁忌。

但是，在台灣，這樣的語言表現卻不是禁忌。台灣的社會裡，語言禁忌頗多。去醫院探病、弔喪、或犯人出獄，「再見」一詞可是禁語，違犯的後果，有時候可以到達不堪設想的地步。

某些營業場所也有一些禁語，例如，閩南語「蛇」的發音不能念「抓」（ㄓㄨㄚ近似音），此音是禁忌，須念「流」（ㄌㄧㄡ近似音），否則準挨一陣排頭。到殯儀館上洗手間不能說「化妝室」，平常用來指洗手間的「化妝室」在殯儀館是指爲往生者化妝的房間。所以，「化妝室」在殯儀館便成爲禁語。在老人家面前，像「死」、「老」、「棺材」、等等、都是禁語。

另外，一些涉及性方面的不雅用語是兩性之間的禁語。詢問一位久婚不育的婦女「怎麼還沒生？」則是有關禮貌方面的禁語。教堂、廟宇也有禁語。在教堂、廟宇對上帝、神明不敬、批評的言語也是禁忌。作者本身過去這方面有過實際慘痛經驗，所以對此深信不疑。

總之，每個社會裡所呈現各式各樣的禁語，都只是在顯示一個社會人民都具備如何在適當的時間、場所，適當使用語言的知識，而每個社會的不同禁語，也只是在彰顯個別文化與語言相關的不同風俗民情。

## A-30：委婉語又是什麼？

有時候爲了避開 A-29 所述之語言禁忌，有的人會把禁忌語言作委婉的表達，進而形成了委婉語。例如，在中國人的社會裡，「死」在很多場合是個禁忌語，如果不得不使用，有的人會使用「往生」、「走了」、「蒙主寵召」、「去報到了」、「去蘇州賣鴨蛋去了」、等等，來委婉的表達。很多女生初次約會想上廁所時，通常會跟男伴委婉表示要去「補個妝」、「洗個手」。想分手時，有的人會使用「配不上你」、「不敢高攀」、「個性不合」、等等之委婉用語。

但委婉語不一定只針對禁忌語言作替代使用，像美國普遍會使用委婉語，來表示各種不受尊敬的名稱。例如，「滅蟲的」就稱爲 extermination engineer、「清潔工」就稱爲 sanitation engineer、「園丁」就稱爲 landscape architect。現在台灣也有類似作法，例如，一間公司裡的所有推銷員通通稱爲業務經理，色情行業稱爲特種行業，智力發展遲緩學生的班級稱爲啓智班，聽障學校稱爲啓聰學校，視障學校稱爲啓明學校，撿破爛稱爲資源回收，等等。

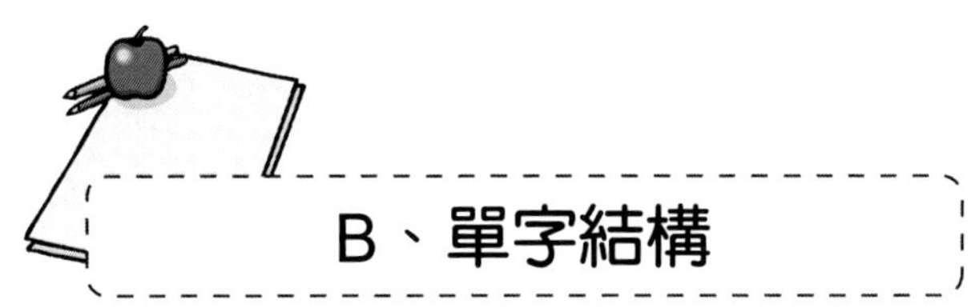

# B、單字結構

## B-1：英文縮寫形態的字也算是字的一種嗎？

英文有很多不同縮寫形態的字，例如，motel, ad, SARS,等等。Motel 之類的字（brunch, iPod, smog 等等）是一種混合字，也就是說，是由兩個字裡各取其某部分結構組合而成。Motel 的形成即取自 motor hotel 而來。Ad 的形成則屬於另外一種方法：縮減。縮減是透過刪減音節數或字母數目來產生縮寫字。Ad 即由 advertisement 刪除後面音節而來（bus, flu, phone 等等，也是屬於此類）。SARS 形態之類的字爲一種所謂的頭字語，也就是，在由幾個字合成的名稱裡，取每個字的第一個字母來組成。SARS 便是透過這個方式由 Severe Acute Respiratory Syndrome 形成。聯合國的縮寫字 UN 即是以此方式形成。在語言結構上，這些不同形態的縮寫字，也算是一種字。

## B-2：單字是語言最底層的結構嗎？

語言最底層結構並非單字，而是發音成分。發音成分指的是，每個語音所含有的更細小的組成成分。例如，英文的子音/ P /

含有雙唇音成分、無聲（發音時聲帶不震動）成分、和塞音成分。這些發音成分才是語言最底層的結構。幾個發音成分組成一個音素，幾個音素組成一個音節，幾個音節再組成一個單字（當然，有些單字也許只有一個音節）。

之後，繼續往上，幾個單字組成一個片語，幾個片語組成一個句子。但是句子還不是語言最高層結構，繼續往上，兩個以上的句子組成一個篇章結構（Discourse），這才是語言最高層結構。以下圖示可更清楚解釋此組成結構：

篇章結構（Discourse）

↑

句子（Sentence）

↑

片語（Phrases）

↑

單字（Words）

↑

音節（Syllables）

↑

音素（Phonemes）

↑

發音成分（Articulatory Features）

## B-3：英語單字結構如何分解？

英語單字的結構分析有以下步驟：

步驟一：找出詞根

步驟二：次序上，依左 → 右 → 左 → 右循環。也就是說，每次都先連接詞根與前加詞素，然後再連接後加詞素（如果有的話）如果沒有前加詞素，則直接連接後加詞素。但是如果詞根與前加詞素的結合結果，並不是一個存在的字，則先連接詞根與後加詞素。

以副詞 independently 為例說明如下：

步驟一：找出詞根 depend。depend 在此為動詞。

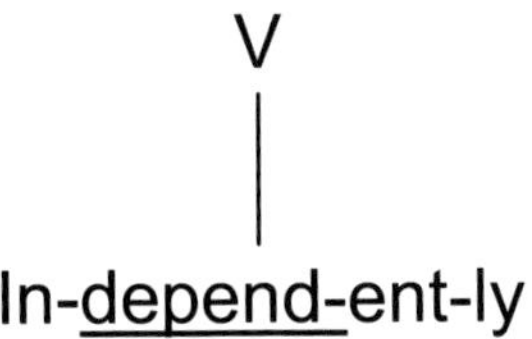


步驟二：先連接詞根 depend 與前加詞素 in-，組成 independ。但是 independ 並不是英文的一個正確結構，因此，必須進入步驟三。

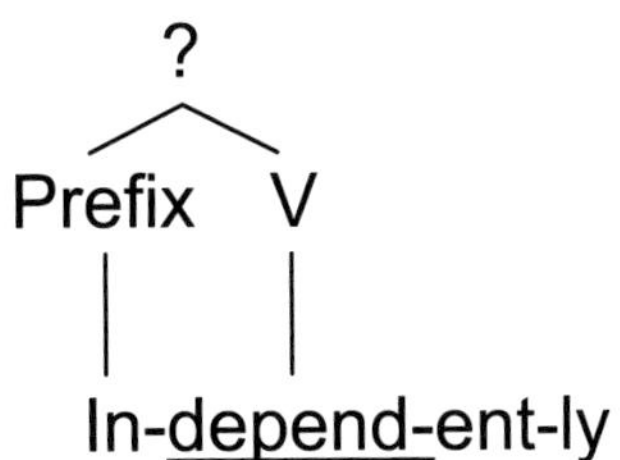

步驟三：連接詞根 depend 與後加詞素-ent，組成形容詞 dependent。dependent 爲英文的一個正確結構，結構分析結果如下：

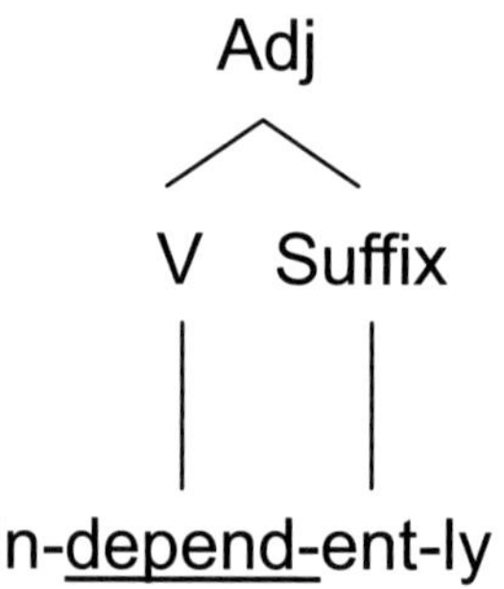


步驟四：連接形容詞 dependent 與前加詞素：in-組成形容詞 independent。

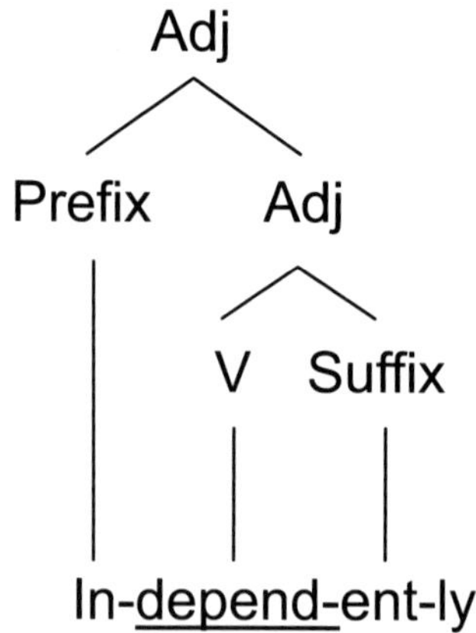


步驟五：最後，連接 independent 與後加詞素：-ly 組成副詞 independently。

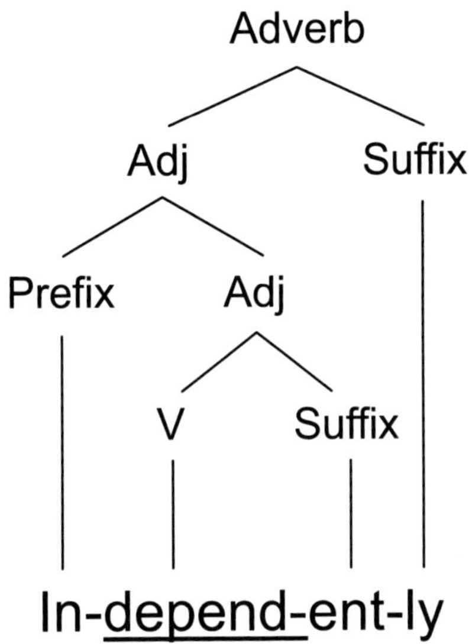


透過單字的結構分析，我們可清楚看出副詞 independently（獨立地）乃由動詞 depend（依賴）衍生而來。

## B-4：單字的文法詞類屬性如何區分？

我們是如何知道每一個單字到底是名詞、動詞、形容詞、副詞、等等、的文法詞類屬性呢？通常這要透過句中文法位置來決定。也就是，把一個單字放置於句中某個位置，如果文法性正確，便知道此單字具有何種文法詞類屬性。

以英語爲例，例如，欲知 tent 此字屬於何種文法詞類屬性，我們可把此字置於適當之句中文法位置：We have to buy a new tent 由於此句文法性正確，我們便知此字具有名詞文法詞類屬性，這是因爲 tent 所出現於 We have to buy a new tent 之句中文法位置是受詞位置，而受詞位置即是名詞位置。

反之，如果把 tent 置於不同之句中文法位置：We have to buy a tent new，我們會發現，此句文法性不正確，我們便知此字不具有形容詞文法詞類屬性，這是因爲 tent 所出現於 We have to buy a tent new 之句中文法位置是形容詞位置。透過此測試，我們也同時知道 new 不具有名詞文法詞類屬性，因爲它不能出現在名詞位置。

另外，如果把 tent 置於以下結構中 Caesar tented his soldiers on the hill，我們也會發現，此句文法性正確，所以便知此字也具有動詞文法詞類屬性，這是因爲 tent 所出現之 Caesar tented his soldiers on the hill 之句中文法位置是動詞位置，而且可被表示過去式的文法詞素-ed 所附著。

## B-5：英語單字的八大詞類有進一步的區分嗎？

語言學上，英語單字的八大詞類可進一步分爲兩大類：

### 1.開放性的詞類

單字本身含有基本語意並且可以增加新字的詞類。例如，名詞、動詞、形容詞、和副詞。在英語（或很多其他語言）

的演化上，這四種詞類都是屬於常常會出現新字的文法詞類屬性。

以最近在台灣的中文為例，就一直有很多新詞類用字的產生。例如，原來是名詞文法詞類屬性的「八卦」、「大學生」，也有了動詞的文法詞類屬性：「不要再八卦了吧！」、「大學生了沒？」。「了」是中文裡的時貌詞（aspect），在中文裡能夠接時貌詞「了」的字必為動詞（或形容動詞）。

因此，原為名詞用法的「八卦」、「大學生」也增加了動詞的用法。其他像，機車（名詞）→很機車（形容動詞）；希臘（名詞）→這裡的天空很希臘（形容動詞），等等，皆顯示了開放性詞類之所以 open 的原因。

## 2.文法功能性的詞類

單字本身僅有文法方面的語意，而且不會增加新字的詞類。例如，冠詞、代名詞、連接詞、和介系詞。這四種詞類都是屬於幾乎不太會出現新字的文法詞類屬性，因為它們都是比較功能化的詞性。也就是，它們的語意多是文法方面的。

例如，冠詞 the 具有文法方面「特指」之意，反之，冠詞 a 則無「特指」之功能。代名詞在文法上表示它一定有名詞先行詞，因為透過先行詞方能知曉此代名詞所指為何。連接詞在文法上為連接「結構成分（字、片語、句子）」的文法功能詞。介系詞則是文法上用來表示名詞與其他詞類關係的文法功能詞。

## B-6：詞素是什麼？如何知道一個英語單字含有多少詞素？

一個單字的詞素是指，單字裡不能再分割的最小語意單位。根據此定義，以 hopefully 為例，此單字裡能夠再分割的最小語意單位有 hope, ful, ly 三個，每一個都是一個詞素，因此 hopefully 有三個詞素。讓我們來試算下面這一段敘述總共有多少個詞素：

> Green island is an ideal tourism destination. It is situated in the Western Pacific at the crossroads of Northeast and Southeast Asia.

> Green → 1, island → 1, is → 1, an → 1, ideal → 1, tourism → 2 (tour + ism), destination → 2 (destine + tion), It → 1, is → 1, situated → 2 (situate + ed), in → 1, the → 1, Western → 2 (West + ern), Pacific → 1, at → 1, the → 1, crossroads → 3 (cross + road + s), of→ 1, Northeast → 2 (North + east), and → 1, Southeast → 2 (South + east), Asia → 1.

根據上面算法，此敘述總共有 30 個詞素。

## B-7：英語單字詞素有進一步的分類嗎？

由上述 B-6 得知，詞素是指，單字裡不能再分割的最小語意單位。在 B-6 裡我們發現 tourism 含有 tour 和 ism 兩個詞素。在分類上，tour 屬於能夠獨立出現的詞素，稱爲自由詞素；而 ism 是屬於必須附著於其他詞素才能出現的詞素，稱爲附著詞素。

在附著詞素裡面又可分爲文法詞素和衍生詞素。前者是指，此種詞素的依附可以提供文法訊息，但不能產生新語意；後者是指，此種詞素的附著可以產生新語意，並且多數能形成新字。ism 即屬於衍生詞素，ism 附著於 tour（旅遊）之後，產生了新語意：tourism（旅遊業）。根據此原則，以下再把 B-6 的例子進一步分類：

> Green → 1（自由詞素）, island → 1（自由詞素）, is → 1（自由詞素）, an → 1（自由詞素）, ideal → 1（自由詞素）, tourism → 2（tour（自由詞素）+ ism（附著詞素→衍生詞素））, destination → 2（destine（自由詞素）+ tion（附著詞素→衍生詞素））, It → 1（自由詞素）, is → 1（自由詞素）, situated → 2（situate（自由詞素）+ ed（附著詞素→文法詞素））, in → 1（自由詞素）, the → 1（自由詞素）, Western → 2（West（自由詞素）+ ern（附著詞素→衍生詞素））, Pacific → 1（自由詞素）, at → 1（自由詞素）, the → 1（自由詞素）, crossroads → 3（cross（自由詞素）+ road（自由詞素）+ s（附著詞素→文法詞素））, of→ 1（自由詞素），

Northeast → 2（North（自由詞素）+ east（自由詞素））, and → 1（自由詞素）, Southeast → 2（South（自由詞素）+ east（自由詞素））, Asia → 1（自由詞素）.

## B-8：英語有那些文法詞素，意義為何？

在語言學的分類上，英語屬於屈折變化的語言（inflectional language），意指透過不同動詞詞尾文法詞素的使用，來表達文法上的數、時式、格變化的一種語言。

英語有八個這種功能的文法詞素：表示名詞複數形的-s；表示名詞所有格形的-s'；表示主詞爲第三人稱單數形的-s；表示動詞過去式形的-ed；表示動詞過去分詞形的-en；表示動詞進行式詞形的-ing；表示形容詞比較級詞形的-er；表示形容詞最高級詞形的-est。文法詞素的意義，以下面句子爲例做說明：

Many students walk**ing** in the street look**ed** up at the cloudy sky.

表示名詞複數形的文法詞素-s 在此句裡的 students 意指，學生在數目上爲兩個以上；表示動詞進行式詞形的文法詞素-ing 在此句裡的 walking 意指，學生當時正在進行的動作；表示動詞過去式形的文法詞素-ed 在此句裡的 looked 意指，學生過去當時所做的動作。

## B-9：英語有那些衍生詞素，意義為何？

英語雖然只有八個文法詞素，但卻有相當多的衍生詞素。英語的文法詞素都是後加方式的附著詞素，而衍生詞素除了後加方式的附著詞素之外，還有前加方式的附著詞素。文法詞素表現的是如 B-8 所述文法上的意義，而每個衍生詞素則具有非文法方面的基本意義。如 B-8 例子裡的 cloudy，-y 爲後加方式的衍生詞素，帶有「……是多的」之意。所以，cloud + y 有指「雲是多的」意義。前加方式的衍生詞素，例如，in-帶有「沒有／不／無……」之意。所以，in + competent 有指「沒有能力的」意義。

衍生詞素的學習，一般對增進詞彙能力有相當大幫助。以下爲少許比較常見之衍生詞素及其意義：

1.前加方式的衍生詞素

anti- → 反（antiwar → 反戰）
ex- → 前任（ex-husband → 前夫）
non- → 沒有／不／無（nonsense → 無意義／胡說）
sub- → 在……之下（subway → 地下鐵）
zoo- → 動物（zoology → 動物學）

2.後加方式的衍生詞素

-able → 能夠……（readable → 可讀的）

-ful → 充滿（colorful → 充滿色彩的）
-ism → 系統、組織（communism → 共產主義）
-tion → 行動、過程（communication → 溝通行動）
-ward → 方向（forward → 向前）

## B-10：英語附著詞素有那些例外結構？

絕大多數詞素皆有意義，文法性的或基本性的，但是有些英語詞素單獨存在時，並不具任何意義，這類詞素大致上可分爲三類：

1.附著詞幹

附著詞素所附著的結構稱爲詞幹。絕大多數詞幹皆有意義，但是此類附著詞幹爲不可單獨出現的詞幹，因爲詞幹本身並無意義。例如，nonchalance 是由前加方式的衍生詞素 non 加上詞幹 chalance 組合而成。chalance 在英語中並無語意，也不存在。chalance 只能和前加方式的衍生詞素 non 一起時，才能出現。

2.曼越橘詞素

英語中有某些詞素只固定的與某個詞素結合在一起，稱爲曼越橘詞素。例如，某些詞素只固定的與自由詞素 berry 結合成字。例如，cranberry = cran + berry。英語中所有這一類型的字都是所謂的曼越橘詞素。

### 3.單詞素結構

英語中某些前加詞素並非一般規則性之前加詞素，因而這種字均視為單詞素結構。例如，

rebus ≠ re + bus
perform ≠ per + form
subject ≠ sub + ject
compel ≠ com + pel

這種字的前加詞素 re-、per-、sub-、或 com-並不具備一般規則性前加詞素使用時的語意，因此並不適合把出現在這種結構的前加詞素，另外視為一個詞素。所以，這類型的字應當作單詞素結構來看待。

## B-11：複合字是怎麼產生的？

以英語為例，複合字是透過兩個或兩個以上的自由詞素組合產生。通常複合生成方式產生的新字有名詞、形容詞及動詞三類。複合字的中心字一般為右端，詞類屬性也由此中心字決

定。但是，如果複合字中有介系詞，則中心字爲非介系詞一方的自由詞素。例如，

1.中心字為名詞的複合字

(1)名詞 + 名詞 → Fire + Station = Fire Station（名詞）
(2)形容詞 + 名詞 → White + House = White House（名詞）
(3)動詞 + 名詞 → jump + leads = jump leads（名詞）

2.中心字為形容詞的複合字

(1)名詞 + 形容詞 → campus + wide = campus-wide（形容詞）
(2)形容詞 + 形容詞 → blue + black = blue-black（形容詞）

3.中心字為動詞的複合字

(1)名詞 + 動詞 → proof + read = proofread（動詞）
(2)形容詞 + 動詞 → black + mail = blackmail（動詞）
(3)動詞 + 動詞 → dry + clean = dry-clean（動詞）

4.中心字為介系詞相對一方的複合字

(1)介系詞 + 動詞 → under + cut = undercut（動詞）
(2)介系詞 + 形容詞 → over + due = overdue（形容詞）
(3)介系詞 + 名詞 → in + state = in-state（名詞）

## B-12：複合字為何有不同形態？

如果仔細觀察 B-11，會發現英語複合字存在著不同類型，區分如下：

1. 開放型複合字：fire engine, White House, washing machine
2. 連線型複合字：campus-wide, blue-black, dry-clean, die-hard
3. 固定型複合字：boathouse, understand, cathouse, handsome

這些不同類型的使用，通常代表著複合字衍生、演化的過程。複合字最初的產生，是由於使用者常常把某兩個（或三個）字詞習慣一起使用，此第一階段的複合字即爲開放方式的複合字。當使用者覺得這兩個（或三個）字愈來愈像一個字時，即出現連線的方式，此時即爲複合字的第二階段。最後，當使用者覺得這兩個（或三個）字已經就是一個字時，即出現固定的方式。

我們平常使用的固定型複合字其實很多，可是如果不特別指明，很少人會注意到是複合字，這也說明了此三階段的演化現象。不過，不是每個複合字都必須進行此三階段的演化。有些複合字永遠就一直停留在第一階段的開放型複合字，有些也一直停留在第二階段的連線型複合字。嚴格來說，其演化並無固定軌跡，完全視母語使用者的習慣使用而定。

## B-13：複合字的組成意義會產生變化嗎？

同樣仔細觀察 B-11，會發現英語複合字的組成意義存在著不同類型，區分如下：

1. 複合之後的語意與原來詞素之語意毫無相關：
   understand, cathouse, handsome
2. 複合之後的語意帶有象徵性的語意：
   fire engine, campus-wide, blue-black, die-hard
3. 複合之後的語意與原來詞素之語意完全相等：
   White House, washing machine, boathouse, dry-clean

此現象在中文裡也可以發現：

4. 複合之後的語意與原來詞素之語意毫無相關：
   花生、小說、風流、色狼、良人、仙人跳
5. 複合之後的語意帶有象徵性的語意：
   熱心、公路、大嘴巴、小心、烏鴉嘴、傷腦筋
6. 複合之後的語意與原來詞素之語意完全相等：
   乾淨、飛碟、洗衣機、吹風機、飛機、牙醫

## B-14：為何麥當勞可以取代漢堡之意？

新字產生的方式中，有一種是由名字產生，意指，有些產品名稱、人名、店名、等等，在漫長的使用過程中會轉意。在語言學裡，這種現象稱爲名祖（Eponyms）。例如，英文裡的 Kleenex（商品名）轉意爲面紙，這是因爲 Kleenex（國內譯爲「可麗舒」）爲美國面紙第一大廠牌，隨著使用的廣泛、頻繁，久而久之 Kleenex 就取代了面紙的名稱。Q-tips 也是如此，由美國棉花棒第一大廠牌的商品名，轉意取代了棉花棒的名稱。

另外，世界第一家影印機商品 Xerox 也已轉意取代了影印的名稱。同樣的，麥當勞也由於其分佈全世界的世界第一漢堡企業，人人耳熟能詳，小朋友更是朗朗上口「我要吃麥當勞」，麥當勞這三個字早已取代漢堡的名稱了。

## B-15：Motel 的名稱怎麼來？

Motel 是英語另外一種新字產生的方式，形式上是把兩個字的某個部分合成爲一個新字。所以，Motel 是由 motor + hotel 混合而來。至於規則爲何？一般而言，並無固定規則。當然，從 Motel 的混合來看，似乎是各取一音節來組成。可是，如果從像 brunch 這種由 breakfast + lunch 混合而來的例子來看，就會發現並非如此，br 或 unch 都不是音節。由 smoke + fog 混合而成的 smog 也是如此。目前很流行的 iPod 即是由 Internet + Podcast 混合而來。

## B-16：何謂省略字？省略過的字也算是字嗎？

英語也使用了很多省略字。省略字是指，透過把多音節的字予以減縮的方式來產生的字。這種省略產生的字也是一種字。判斷是否爲字的方式很簡單：只要能在字典裡找到此字，即爲一種公認字。英語省略字產生的方式有以下五種：

1. 後省略：advertisement → ad, mathematics → math
2. 前省略：omnibus → bus, airplane → plane, web log → blog
3. 前後省略：influenza → flu
4. 中間省略：international → int'l, government → gov't
5. 中後省略： television → TV

## B-17：SARS 是省略字嗎？

前幾年 SARS 在台灣流行的時候，幾乎人人都認識 SARS 這個名稱。SARS 這個名字是怎麼來的呢？SARS 並非省略字，而是頭字語的結構：取一個用語裡各字的第一個字母而組成的新字。頭字語組成的新字分爲兩類型：「整字可發音」和「由各別字母發音」：

Severe Acute Respiratory Syndrome

→ SARS → 整字可發音〔ˋsars〕

North Atlantic Treaty Organization

→ NATO → 整字可發音〔ˋneto〕

North, East, West, South

→ NEWS → 整字可發音〔ˋnjuz〕

United Nations → UN → 由各別字母發音〔ju ɛn〕

National Chung Hsing University

→ NCHU → 由各別字母發音〔ɛn si etʃ ju〕

Department of Foreign Languages and Literatures

→ DFLL → 由各別字母發音〔di ɛf ɛl ɛl〕

## B-18：什麼是擬聲字？

每個語言都有擬聲字，英語也不例外。擬聲字是指，直接模寫各種物體，動植物或大自然，的各種聲音的字。像英語裡的 Ding-Dong 就是門鈴聲的擬聲字。擬聲字是直接反映物體聲音的一種語言形式，是非任意的，也就是直接的。人類的語言形式絕大多數是任意的，也就是人爲的。唯有擬聲字是非人爲的語言形式。平常比較常見的英語擬聲字有 meow（貓叫），oink（豬叫），bow wow（狗叫），bang（槍聲），等等。

## B-19：什麼是單字詞類的直接轉換？

語言使用者把本爲某種詞類屬性的單字，不經過任何衍生詞素的附著使用或與其他自由詞素的合用，直接轉換成另一種詞類屬性，一般稱此現象爲直接轉換。像英語裡的 father 本爲名詞，使用者後來直接拿來當動詞用：Bill fathers three children. 早期 mother 這個字僅有名詞用法，現在也已出現直接轉換動詞用法：She likes to mother the lost children.

單字詞類的直接轉換多爲名詞轉換動詞。但是，英語也有動詞直接轉換爲名詞的現象，通常透過音節重音的轉換來達成。例如，重音原本在第二音節的動詞 contest〔kən`tɛst〕直接轉換爲重音在第一音節的名詞 contest〔`kantɛst〕。

B-5 裡曾提到的台灣中文新詞類用字產生的現象，即爲直接轉換。例如，原來是名詞文法詞類屬性的「八卦」、「大學生」，使用者直接當動詞用：「不要再八卦了吧！」、「大學生了沒？」。其他像，機車（名詞）→很機車（形容動詞）；希臘（名詞）→這裡的天空很希臘（形容動詞），等等，皆爲直接轉換的例子。

由於中文不是英語之類的拼音語言，單字裡不存在重音（但有表示語音高低音階變化的四聲標示），因此，並沒有動詞透過音節重音的轉換成爲名詞的現象。

## B-20：什麼是詞素同位詞？

以英語來說，一個詞素所出現的任何不同形式，即爲此詞素的同位詞。最簡單的例子爲英語的複數形。B-8 曾提到，英語裡表示名詞複數形的文法詞素是-s。英語複數文法詞素-s 在發音上會出現以下三種不同形式：

1. 英語複數文法詞素-s 附著在無聲子音後時，發音上會唸成〔s〕。例如，cats〔kæts〕
2. 英語複數文法詞素-s 附著在有聲子音或母音後時，發音上會唸成〔z〕。例如，bugs〔bʌgz〕
3. 英語複數文法詞素-s 附著在帶嘶聲子音（s, z, ʃ, tʃ, ʒ, dʒ）後時，發音上會唸成〔əz〕。例如，bushes〔buʃəz〕

這三種英語複數文法詞素的不同發音形式，都是英語複數文法詞素-s 的同位詞。同理，英語複數不規則的變化形式，也都是英語複數文法詞素-s 的同位詞。例如，mouse → mice, child → children,等等。英語複數形式還有一種無變化形式，一般稱爲單複數同形，也同樣是英語複數文法詞素-s 的同位詞。例如，sheep（單數）→ sheep（複數）, deer（單數）→ deer（複數）。英語表示動詞過去式的文法詞素-ed 也有類似變化的同位詞。

# C、句子結構

## C-1：句法學是什麼？

句法學是語言學裡探討句子如何從單字、片語、子句建構成爲句子的一門學科，也是一個極爲重要的研究領域。透過進一步研究人類學習與應用語句的過程，語言學家得以探究出人類學習語言的奧秘：從我們能夠不斷地產生新句子的能力來看，顯然我們不需要把上萬的句子都先學遍，然後才會使用某種語言。小時候，我們是在不自覺中習得了自己母語的文法，只要根據文法，把字或片語組成句子，就可以創造出無限多的新詞句。這是一種遺傳的能力，也就是我們所謂的「天賦」。

## C-2：現代句法學和傳統文法有什麼不同？

現代語言學是一門科學領域，著重客觀的語言研究及描述。而現代句法學的研究目標在於，客觀地描述人們如何使用語句，及研究其中所隱含的意義，並提供理論解釋。起源於古希臘的傳統文法則與文學、哲學有密不可分的關係。現代句法學重視口語語言，但也不輕忽書寫語言。傳統文法則重視文學、書寫語言，鄙視口語及社會通俗用語，對非主流優勢語言的其他方言文法皆嗤之以鼻。

另從現代語言學的觀點來看，現代句法學是描述性的，而傳統文法則是規範性的：總是告訴人們應如何遵照文法，正確使用句子，但並不提供理論解釋。以 The new student sat in the chair 和 The new student brought in the chair 兩句作比較說明。此兩句的表面句型看起來一樣，但只有第一句可把 in the chair 移位至句首：

In the chair sat the new student.
*In the chair brought the new student.

看起來似乎一樣表面結構的第二句，爲何不允許 in the chair 移位呢？傳統文法的解釋只會告訴你，因爲 brought 須和 in 在一起，不能分開，當動詞用，但卻提不出眞正結構上的原因。何況，brought in 實際上是可分離的結構：Bring him in!

然而，現代句法學則會告訴你，第二句的不符合英文文法是因爲，in 在此句是介副詞（particle），並非介系詞，也就是說，in the chair 在第二句並不形成介系詞片語，不是一個完整的結構成分，所以不能移位。反之，第一句之所以允許移位，就是因爲 in the chair 在此句爲介系詞片語結構，移位是符合英文文法的規律。以下透過英語樹狀圖的解剖，可以更清楚此項句構原因。

第一句：The new student sat in the chair

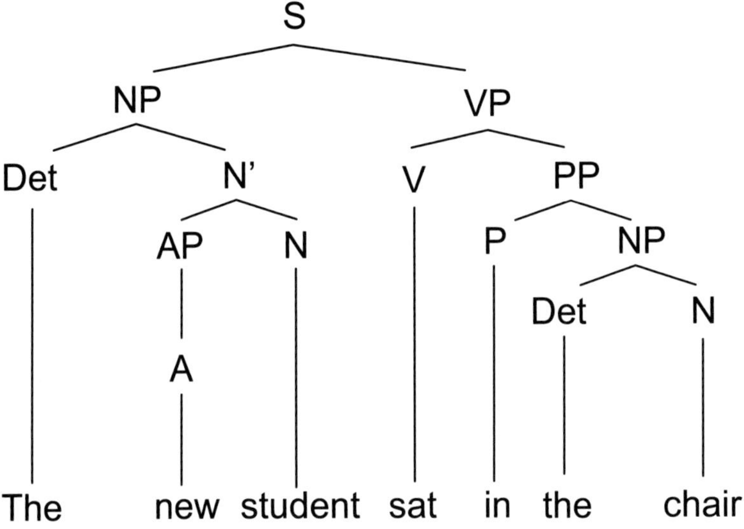


第二句：The new student brought in the chair

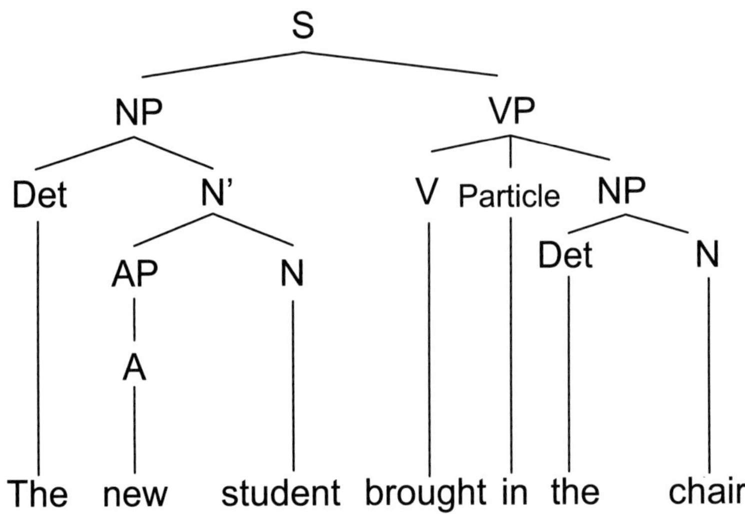

## C-3：什麼是句子的結構成分？

一個結構成分就是一個完整語意的句構單位，因而每個字、片語、句子，通通都是一個結構成分。以 C-2 例句的第一句樹狀圖爲例來說，每個圖上的句法符號都是一個結構成分。Det（erminer，名詞限定詞），A（djective，形容詞），N（oun，名詞），V（erb，動詞），P（reposition，介系詞）爲表示單字層次的結構成分；N'（N-Bar）爲中間層次結構（將於 C-4 說明）；NP（Noun Phrase，名詞片語），AP（Adjective Phrase，形容詞片語），VP（Verb Phrase，動詞片語），PP（Prepositional Phrase，介系詞片語）爲表示片語層次的結構成分；最後，S（entence）爲表示句子層次的結構成分。

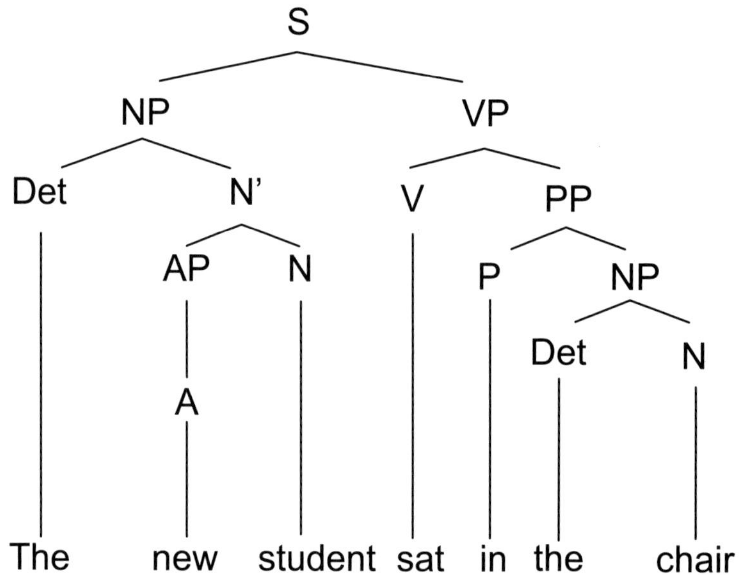

## C-4：是否還有其他方式證明句子裡的結構成分？

句法學裡提供以下四個方法，可以測試得知一個句構是否爲完整語意的句法結構成分：

1.是否可以獨立存在？

如果一個句構可以獨立存在，那此結構就會是一個完整語意的結構成分。例如，在以下的對話裡：

Speaker A: Can the police rescue the hostage?
Speaker B: Rescue the hostage? I doubt it.

Speaker B 所講的 Rescue the hostage 明顯可以獨立存在，所以是一個完整語意的結構成分。

2.是否可以被代名詞之類的字所代替？

如果一個句構可以被代名詞之類的字所代替，那此結構就會是一個完整語意的結構成分。

同樣，在以下的對話裡：

Speaker A: Can the police rescue the hostage?
Speaker B: Can they do it? I really don't know.

Speaker B 所講的 they 和 it 明顯代替了 Speaker A 所講的 the police 和 the hostage，所以，我們可以因此知道 the police 和 the hostage 是一個完整語意的結構成分。

3.是否可以被移位？

如果一個句構可以被移位，那此結構就會是一個完整語意的結構成分。同樣，在以下的對話裡：

Speaker A: Can the police rescue the hostage?
Speaker B: The hostage can be rescued by the police? I really don't know.

Speaker B 所講的 The hostage 和 the police 明顯地各自被移位來形成被動句。所以，我們可以因此知道 the police 和 the hostage 是一個完整語意的結構成分。

4.是否可以被省略？

如果一個句構可以被省略，那此結構就會是一個完整語意的結構成分。同樣，在以下的對話裡：

Speaker A: We are going to see a horror movie.
Speaker B: I am going to also.

Speaker B 所講的 I am going to also 省略了 see a horror movie，所以，我們可以知道被省略的 see a horror movie 是一個完整語意的結構成分（實際上爲進階的 VP 結構）。

一般而言，結構成分的證明方法以能夠通過的測試方式愈多愈好，更能說明此句構並非只是一串隨意結構組成而已。

## C-5：什麼是 N'（N-bar）？

早期的句法觀念對於像 that blue eye 這樣一個完整的結構成分，其樹狀圖建構如下：

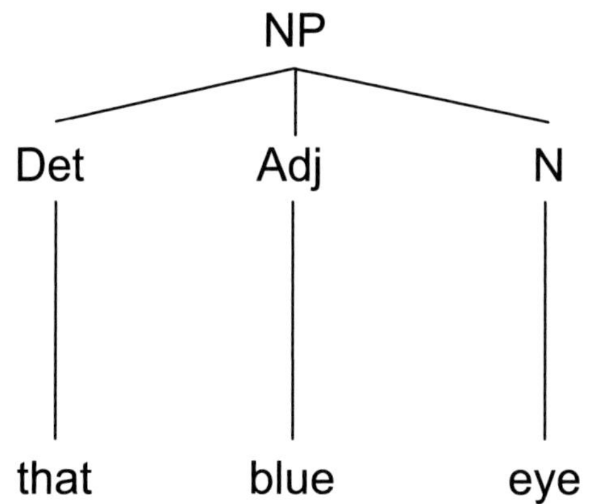


但是後來愈來愈多的人產生質疑，爲何 blue eye 不能視爲一個完整的結構成分，因爲在很多結構裡，它是可以單獨存在的。例如，在像 That dark eye and blue eye make an amusing contrast. 的句子裡，blue eye 明顯爲一個完整的結構成分，符合可以 stand alone的條件。其次，它也符合用代名詞取代的條件：That dark eye and that one make an amusing contrast.所以，充分的證據顯示，blue eye 必須視爲一個完整的結構成分才正確。也就是說，that blue eye 的樹狀圖結構應該如下：

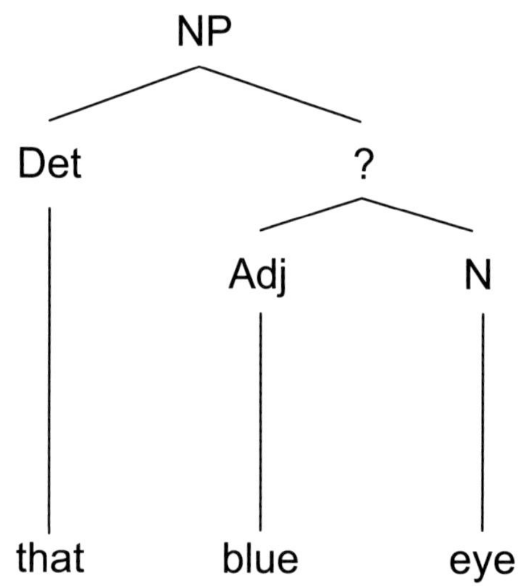


但如果是這樣，blue eye 的句法範疇是什麼呢？是 NP 嗎？可是證據顯示 blue eye 不是 NP，因爲它不能當主詞或受詞用。例如，*Blue eye is charming 或*The cat has blue eye。如果不是 NP，那會是 N 嗎？可是除非 blue eye 是複合字，否則把 blue eye 視爲一個詞彙範疇並不具說服力。

如果 blue eye 不是 NP 也不是 N，那到底應是何種範疇屬性呢？句法學家後來認爲，這種介於片語與單字之間的結構是一種中間成分（intermediate level），大量存在英語中。這個結構層次後來就用 one-bar 的符號方式來表示。也就是說，任何結構如果是用 one-bar 的符號，就表示它是一種中間結構成分，但也是一種完整的結構成分。因而，blue eye 的樹狀圖句法範疇應爲 N’。C-3 裡的 new student 即爲非片語、非單字的名詞中間結構成分 N’。

## C-6：英文有不同片語結構，如名詞片語、動詞片語、形容詞片語、副詞片語、和介系詞片語。這些片語的名稱是如何決定的？

英文的片語結構名稱，是以片語結構的中心字來決定。如果此中心字是名詞，則此片語爲名詞片語。例如，ten young students from Australia 爲一名詞片語，因爲其中心字是 students，爲一名詞。那如何得知 students 是中心字呢？在此片語裡，ten 和 young 是修飾功能的形容詞，而 from Australia 是介系詞片語，帶有修飾 students 的形容詞功能，說明此 students 由何處來。這些修飾結構都不是必要的成分，可以拿掉而不會影響片語的正確結構：students。反之，如果把此中心字去除，則形成錯誤的結構：ten young from Australia。

依此中心字原則，動詞片語的中心字爲動詞。例如，read a book every day 爲一動詞片語，因爲其中心字是 read，爲一動詞。由於 read 在此爲及物動詞，須有受詞，所以 a book 爲其受詞，而 every day 是修飾動詞 read 的修飾結構，帶有副詞功能。

形容詞片語的中心字爲形容詞。例如，very proud of my son 爲一形容詞片語，因爲其中心字是 proud，爲一形容詞。very 在此爲副詞，修飾形容詞 proud。of my son 是介系詞片語，帶有副詞的修飾功能，在此修飾形容詞 proud。

副詞片語的中心字爲副詞。例如，very quickly 爲一副詞片語，因爲其中心字是 quickly，爲一副詞。very 在此亦爲副詞，修飾副詞 quickly。

介系詞片語的中心字爲介系詞。例如，on the desk 爲一介系詞片語，因爲其中心字是 on，爲一介系詞。介系詞與及物動詞一樣，其後必須有名詞片語當受詞。所以名詞片語 the desk 在此當介系詞 on 的受詞。上面提到的 of my son 亦是介系詞片語。

## C-7：坊間書店有詞典和片語詞典，為何沒有句典？

我們從來找不到有任何書店出售所謂的句典，這是因爲從我們能夠不斷地產生新句子的能力來看，在句子的學習上，我們並不需要把上萬的句子都先學遍，然後才會使用某種語言。我們也不是想講什麼話，才去把那些句子記起來。我們是在兒童時期，不自覺中習得了文法，只要根據文法，把字或片語組成句子，就可以創造出無限多的新詞句。

透過創造力，我們的語言知識可以讓我們把句子做無限的延長，說明了語言實際使用的無限性。這是一種遺傳的能力，也就是我們所謂的「天賦」。因而，我們並不需要句典來列出所有的語句；另一方面，這也是不可能完成的任務，因爲這些存在的語句是無限多的。但是，我們有文法、句型方面的書，因爲一個語言的文法、句型是有限的。

## C-8：句子的中心字到底是什麼？

要回答此問題須從兩個層面來看：

### 1.從語意層面來說

主詞是句子的中心字，因爲在意義上，句子裏所有主詞之外的單字、片語和子句結構都是用來描述主詞的情況。如果主詞不存在，這些結構就失去了存在的意義。例如，在「張三送李四一幅畫」的句子裏，除了主詞之外，述詞的部分「送李四一幅畫」是用來描述、說明主詞「張三」的情況或動作。

如果一個句子沒有主詞，只有述詞結構「送李四一幅畫」，便無存在意義。口語上「送李四一幅畫」是可以成立的，但，那是一種主詞省略的結構：「（張三）送李四一幅畫」，並非沒有主詞。

### 2.從結構層面來說

助動詞是句子的核心字，因爲助動詞是描述句子的時式可能性、義務性等等之意義的單字，而且助動詞是可以分離的一個結構成分（此以英文而言，因爲中文的助動詞不可以分離），所以句法結構上，助動詞是句子的中心字。

但是，如果句子沒有助動詞時，在英文裡，時式（tense）就是句子的中心字／核心結構成分。相對在中文來講，由於中文沒有時式，在缺乏助動詞句子裏，動詞是句子的中心字／核心結構成分。因爲，在結構上，動詞扮演主要的文法角色：所有句子中的結構都與動詞有文法上的關係。例如，在「張三送李四一幅畫」的句子裡，「張三」在文法關係上是動詞「送」的主詞（動作者），「李四」和「一幅畫」則分別是動詞「送」的間接和直接受詞。

## C-9：什麼叫做句子的文法性和接受性？

一個句子的句法結構符合所屬語言的文法規則，此句即被稱爲合文法性；反之，則稱爲不合文法性。另外，如果一個句子的句法結構可以被大多數母語使用者接受，此句即具可接受性；反之，則爲不可接受性。例如，以英語 It’s me 來說，此句不合英文文法，所以是不合文法性。但此句廣爲英語使用者使用、接受，此句即具可接受性。另外，It’s I 完全符合英文文法，所以具合文法性。但是，此句並不爲英語使用者使用、接受，此句卻具不可接受性。

中文的文法也有同樣情形。時下一些流行的語句，例如，「不要再偏心他了」、「不錯吃」、「我不爽他」、等等，都屬於不合中文文法，所以是不合文法性的句子。但這些句子目前卻廣爲年輕使用者使用、接受，具可接受性。另外，在台灣多數的中文使用者一定不能接受類似這樣的語句：我把車子昨天賣了。然而，此句卻完全符合中文文法。簡而言之，一個符合文法性的句子，不一定就具備可接受性；同樣的，一個廣爲使用者使用、接受的句子，不一定就符合文法性。

## C-10：何謂廣義的文法？狹義的文法？

文法也有廣義與狹義之分。廣義的文法包含了句法、語音、語意、及語用，四大層面。狹義的文法則僅指句法單一層面，在語言學的用法上，「文法」一般皆指狹義的文法。一個符合廣義文法的句子，一定也同時符合狹義的文法規則；但是，一個符合狹義文法的句子，卻不一定同時符合廣義的文法規則。

例如，The windless hurricane is swimming toward us.為英文句法正確，但語意矛盾、衝突、不合理的句子。也就是說，此句符合狹義的文法規則：句法正確，但不符合廣義的文法規則：語意及語用不正確。windless hurricane 是一種意義的矛盾、衝突；而主動詞 swimming 是一種語意及語用不合理的用法。語意上來說，swimming 的主詞選擇須具生物性，而 hurricane（颶風）是大自然現象，不具生物性。另以眞實世界的認知來看，颶風並不是用游泳的方式來襲擊陸地，即便引申用法也不會使用 swimming 當動詞。

## C-11：從句法學的角度來看，句子是如何產生的？

C-1 裡提到，小時候，我們是在不自覺中習得了自己母語的文法，只要根據文法，把字或片語組成句子，就可以創造出無限多的新詞句。我們一生中幾乎無時不刻地產生新的句子來。但是，這一套我們自幼習得的文法規律，數目雖不詳，卻肯定是有限的。句法學學者把這一套規律稱爲，片語結構規律。

以英語而言，每個新句子的產生都是先透過「片語結構規律」組裝句子的基本結構，再經過移位部門看是否需要移位，最後得到我們說出口或寫出來的句子。以英語 Who are they?爲例說明此過程，圖示如下：

英語片語結構規律

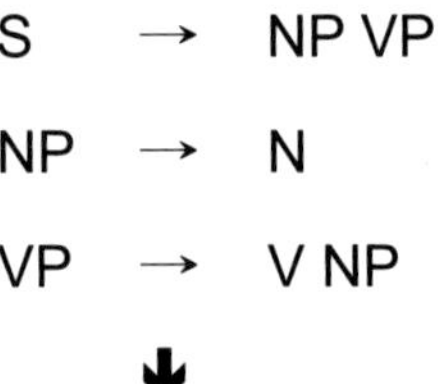


深層結構（由以下樹狀圖顯示）

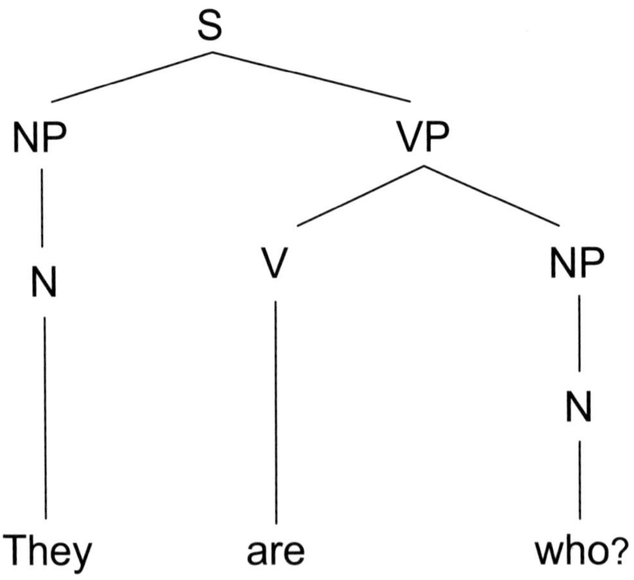

移位律（把 who 和 are 移位至主詞前）

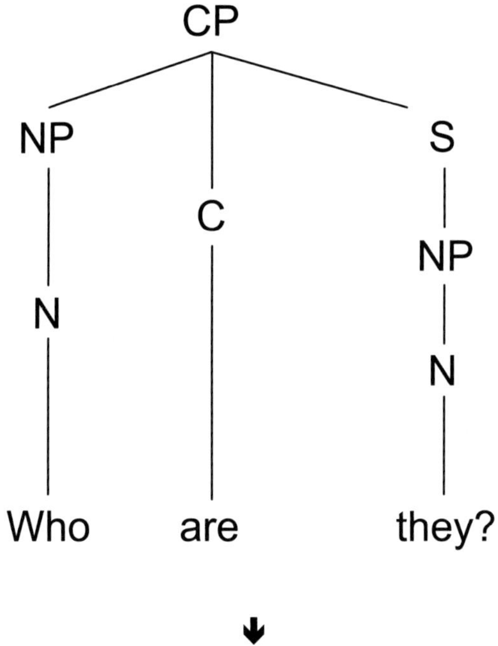


表層結構：Who are they?

上圖英語片語結構規律裡的文法規律意含如下：S → NP VP，指的是句子 S 是由名詞片語 NP 和跟隨在後的動詞片語 VP 組成；NP → N，指的是名詞片語 NP 是由名詞 N 組成；VP → V NP 指的是動詞片語 VP 是由動詞 V 和跟隨在後的名詞片語 NP 組成。

透過這些規律，我們的文法系統組成了基本句 They are who，由於要表達的是疑問句，此肯定句必須經過移位律的移位變化，而產生 Who are they?的表層結構，也就是指，已講出口或寫出來的句子，而深層結構則是指，經過片語結構規律產生的基本句。

但是，並非每個基本句都必須經過移位律的移位變化。移不移位，端視語言使用者所欲表達的句子結構而定。移位律是選擇性質的一個過程。例如，My name is Johnson 這句的深層結構基本句也是 My name is Johnson，且不需經過移位律的移位變化，直接就進入表層結構。

## C-12：如何證明句子的確有移位現象？

要證明句子的移位現象，讓我們先來看以下這個句子：

1. Which student will the teacher put on the list?

瞭解英語動詞 put 文法性質的人應該都清楚，put 是一種需要有一個名詞片語和一個介系詞片語當補語的英語動詞：V + NP + PP。缺乏任何一項，都不符合英文文法性。所以，以下第二句是完全符合動詞 put 的文法性；第三、四句則因缺乏其中的名詞片語或介系詞片語，而不符合英文文法性。

2. The teacher will put the student on the list.

3. *The teacher will put the student.
4. *The teacher will put on the list.

可是第一句動詞 put 之後不見名詞片語，句子卻又是符合英文文法。此名詞片語那裡去了呢？要找尋此名詞片語，也許可先觀察以下對話：

5. I guess the teacher will put Johnson on the list.
6. Excuse me. The teacher will put which student on the list?

第六句是一種所謂的回音疑問句，意指，聽者使用問者的原句結構發問。從這裡我們可以看出第一句與第六句之間微妙的關係。也就是，如果我們把 The teacher will put which student on the list 改成疑問詞疑問句：Which student will the teacher put on the list?剛好就與第一句吻合。換句話說，如果第一句是表層結構，那第六句的 The teacher will put which student on the list 就是深層結構。這樣就解釋了 put 之後不見的名詞片語，原來已經經過移位律移至句首，也因而證明了移位現象的事實存在。

## C-13：現代句法學和傳統英文文法解釋動態詞結構的差異何在？

英語動態詞結構指的是，動名詞、分詞、不定詞。傳統英文文法都以單詞或片語的結構觀念來解釋。以 I want to win 爲例來說，不定詞 to win 在此句爲名詞用法（verbal noun），因爲 want 是及物動詞，後須接受詞，而受詞是名詞位置。若以 I want to win the game 爲例來說，to win the game 爲不定詞片語，同樣在此當名詞用。

現代句法學對動態詞的解釋則顯然更仔細、更進一步。在現代句法學的結構觀念裡，動態詞都是一種子句結構，因爲動態詞本爲動詞形式之一種，何況有動詞存在，則必有其主詞的存在。一個動詞可以沒有受詞，如果它是不及物；可是一個動詞不能沒有主詞，不論是及物或不及物。以 I want to win the game 爲證明來說，不定詞 to win 之前必有一尚未出現的主詞位置：I want ____ to win the game。以此句而言，動詞 want 的主詞是 I，不定詞 to win 的主詞也是 I。由於主詞重複，我們不會去使用像這樣的句子：I want I to win the game。所以，不定詞 to win 的主詞 I 省略了：I want to win the game。

然而，如果不定詞 to win 的主詞與 want 的主詞不一致的時候，to win 的主詞就必須出現：I want Johnson to win the game。這就證明了動態詞都是一種子句結構的結構觀點。以下三幅句法樹狀圖，詳細說明現代句法學對動態詞的結構解釋。

1.不定詞結構

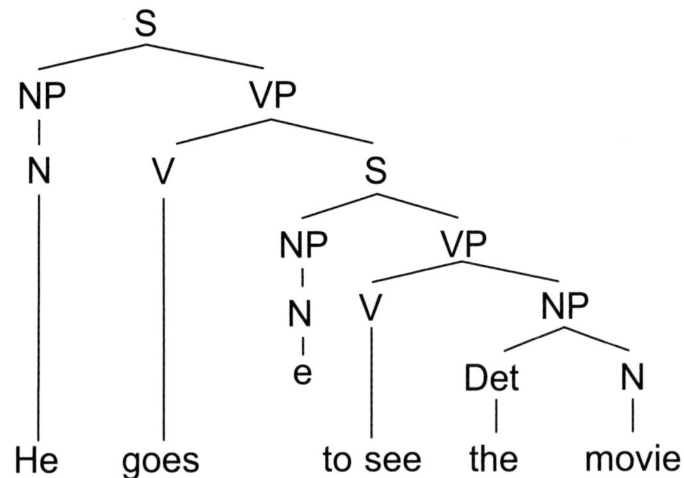


2.分詞結構

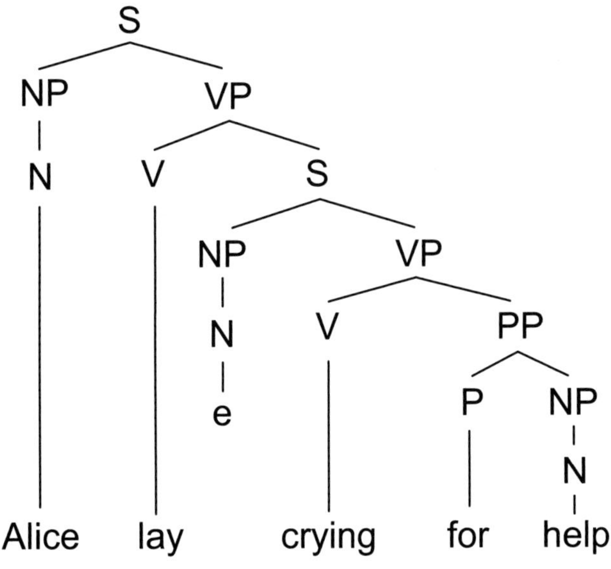

3.動名詞結構

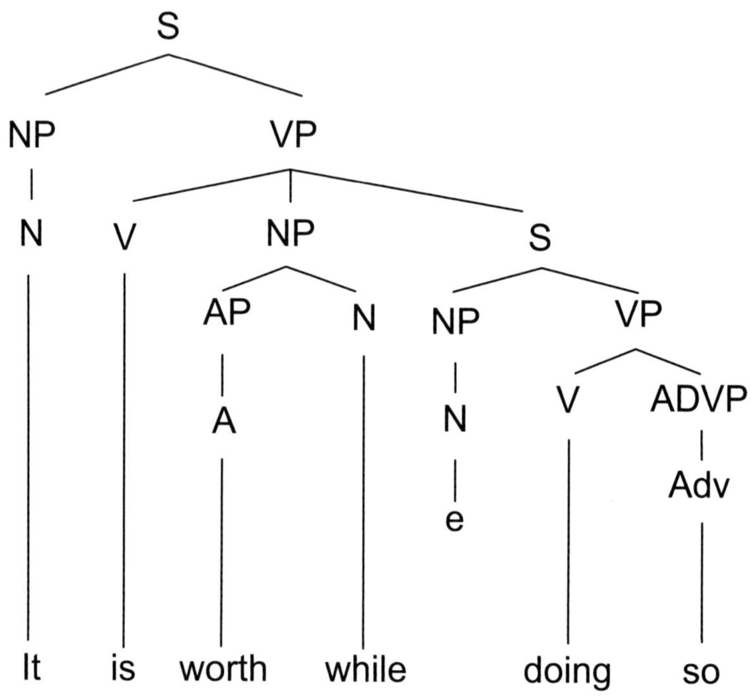


## C-14：什麼是片語結構樹狀圖？

句子是一串有規律的組合結構體。而樹狀圖是解剖句子裡結構成分之間關係的最佳方式：何種結構成分在句子裡有何文法功能，都可以透過樹狀圖清楚的呈現。

例如以下樹狀圖：

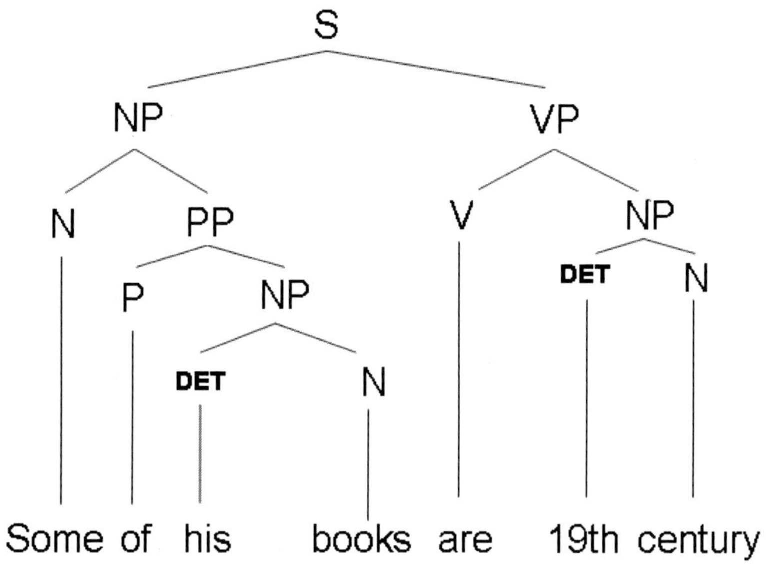


在此樹狀圖裡，S（sentence）代表句子；NP（noun phrase）爲名詞片語；VP（verb phrase）爲動詞片語；N（noun）爲名詞；PP（prepositional phrase）爲介系詞片語；P（preposition）爲介系詞；DET（determiner）爲名詞限定詞，例如，冠詞（a, the）、指示代名詞（this, that, these, those, etc）、量詞（many, much, more, few, etc）、所有格（my, his, John's, etc）、數詞（one, first, two, third, etc）；而 V（verb）爲動詞。

每個字、片語、子句都擁有自己的文法詞類屬性，透過這種文法詞類屬性的使用，可以使結構簡單明瞭。一個結構成分其文法範疇的界定，通常以其所出現的句子位置爲原則，而不是以意義來區分。樹狀圖上的每個文法詞類屬性符號，都可以容納無限多的相同結構成分，透過使用文法詞類屬性符號的方式，樹狀圖就可用來描繪各式各樣的句構。這樣的結構剖析在句法學上稱爲，片語結構樹狀圖（phrase structure trees）。

## C-15：什麼是普遍性語法？個別語言規律？

普遍性語法（Universal Grammar）在現代語言學主流是耳熟能詳的一個專有名詞，指的是每個語言裡都可發現的規律。目前絕大多數語言學家都相信，每個兒童都與生俱來擁有這套普遍性語法，因爲小孩子並不需要學習這套語法，他們要學的是，存在個別語言裡的規律，語言學裡稱爲，個別語言規律（Parameters）。

例如，所有語言似乎都有移位律，這是一種普遍性語法規則，所有的人天生就擁有。但是，以形成移問句的移位律來說，個別語言有其自己的移位或不移位的方式來形成移問句。以英文而言，除了 BE 動詞之外，形成移問句必須把主要子句的助動詞移至句首。但是像中文，形成移問句只須在句尾放上疑問語尾詞「嗎」，並不需要移位。即使在需要移位才能形成移問句的語言裡，也有不同。

一些歐洲語言，例如德文和荷蘭文，要形成移問句的規則是，有助動詞的句子就把助動詞移至句首來形成移問句，如果沒有助動詞，則把主動詞移至句首來形成移問句。可是英文的主動詞，除了 BE 動詞之外，是不能如此移位的。這種現象就是所謂的個別語言規律變化。

## C-16：片語結構樹狀圖裡的句法範疇符號 CP 是什麼？有何意義？

當句子含有子句時，樹狀圖結構上則需要有把子句轉變成補語的文法詞類屬性符號 CP（Complementizer Phrase），補語化結構成分片語，來表示。句法理論主張，每個句子的樹狀圖結構始於 CP，如下圖所顯示：

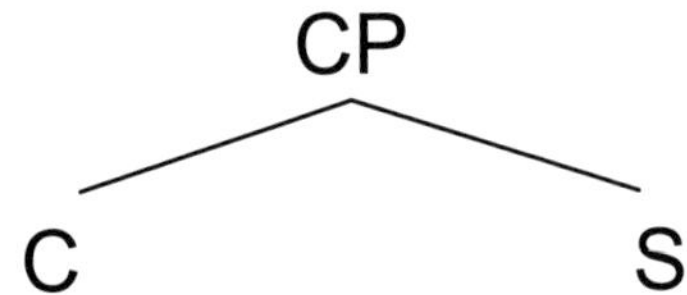


句首的 CP 位置通常也是移位的結構成分目標位置。C 位置多容納引領子句的連接詞或移位後的動詞、助動詞。如有名詞片語、形容詞片語、副詞片語、或介系詞片語移位至 CP 位置，則另外顯示此移位：

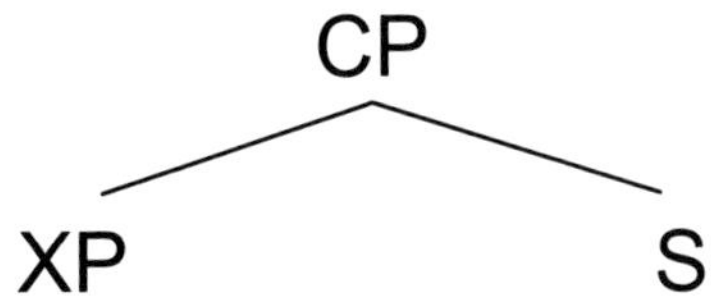


由於不是每個句子都經過移位，每個句子的樹狀圖結構不必要都由 CP 顯示；一般結構始於 S 即可。但是，英語裡含子句的複雜句眾多，有此結構時，樹狀圖結構約略如下例句：

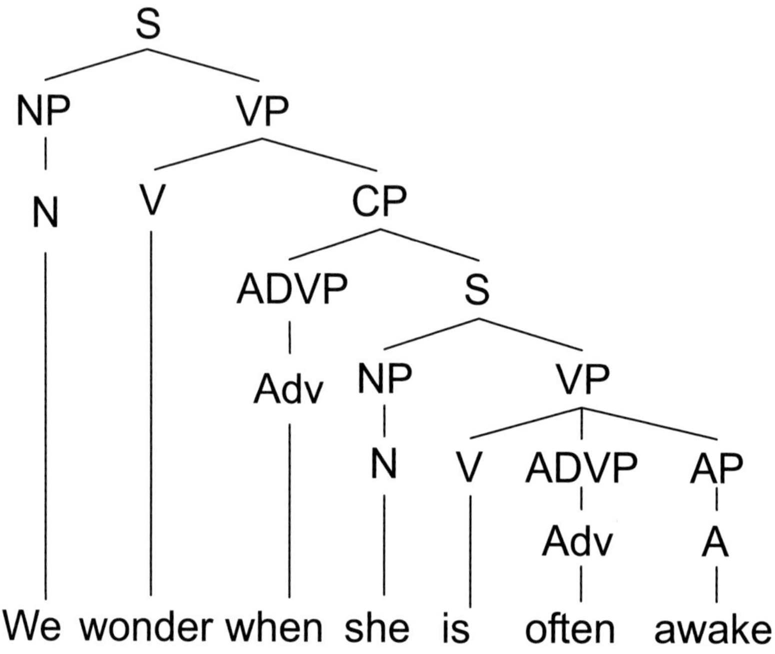


## C-17：什麼是結構上的模擬兩可構句？

結構上的模擬兩可構句是指，一個含有雙深層結構而使得語意模擬兩可的句子。例如，I recognize the boy with a picture 便含有 With a picture I recognize the boy 和 I recognize the boy who has a picture with him 兩種可能解讀，語意因此模擬兩可。由於中文這種模擬兩可的構句很多，爲了更容易理解，我們就以「大雞蛋」的雙底層樹狀圖結構爲例說明：

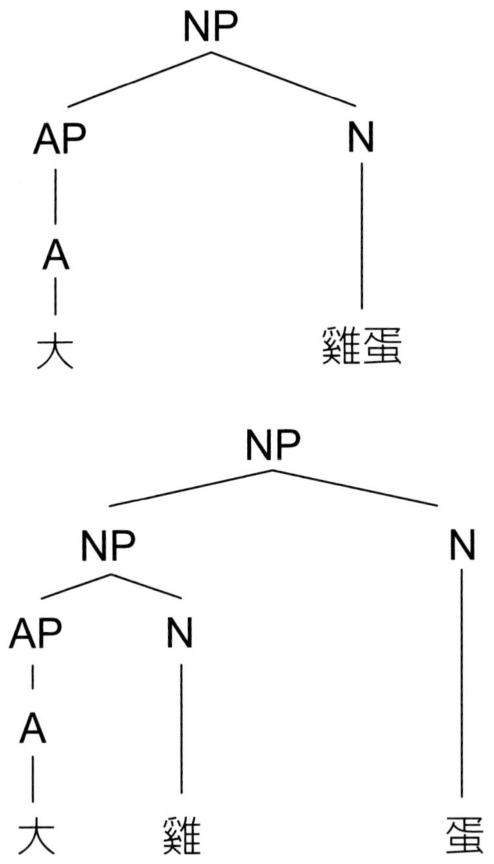


其他中文這種模稜兩可的構句舉例如下：

1. 雞吃了
   → 「雞吃了（飼料）」
   或「雞（我）吃了」

2. 我姊姊還找不到人
→「我姊姊還找不到某人」
或「我還找不到我姊姊」

3. 中興大學借台北大學上課
→「中興大學借地方給台北大學上課」
或「中興大學到台北大學借地方上課」

4. 老闆過去被電到
→「老闆走過去時被電到」或「老闆以前被電到」

5. 我想買兩杯二十元的奶茶
→「我想買兩杯總共二十元的奶茶」
或「我想買兩杯每杯二十元的奶茶」

6. 燈會熱咖啡
→「(這盞)燈會熱咖啡」
或「燈會(的)熱咖啡」

## C-18：句子的詞序是指什麼？

句子的詞序是指，一個句子主詞、動詞、受詞的先後排列順序。語言學裡通常用 S 表示主詞、V 表示動詞、O 表示受詞，來說明一個語言的詞序。例如，英語的基本構句是 SVO，即表示英語是主詞＋動詞＋受詞順序的語言。日語的基本構句是 SOV，即表示日語是主詞＋受詞＋動詞順序的語言。

這裡所謂的基本構句是 C-11 裡所指，由片語結構規律產生的深層結構，已經過移位的句子並非此語言基本的詞序。例如，我們不能說 Apples I like 為 OSV 詞序，因為這是受詞 Apples 移位句首形成主題化結構的句子。此句的深層結構 I like apples 仍是 SVO。

至於中文的詞序則是目前仍爭論不休的問題，也就是，中文目前仍未有一固定詞序：到底是 SVO（如，我吃飯）或是 SOV（如，我什麼都不怕），仍無一致共識。

## C-19：句法學裡的 X-bar 理論是什麼？

X-bar 句法理論基本上是設計來把傳統「核心結構」的觀念予以形式化，和把片語結構規律的可能衍生範圍予以限制。有以下主要結構原則：

1. XP → …X…（意為，X 所代表的任何文法詞類範疇所形成的片語，其核心字也是此 X。例如，X = A（djective, 形容詞），則 AP（形容詞片語）的核心字也是形容詞。）

2. X" → Specifier X'（意為，一個雙 bar（＝片語）結構是由一個單 bar 核心字和任何可能指定詞組成。例如，X " = A"（djective, 形容詞片語），則 A"（形容詞片語）的核心字為此單 bar 形容詞 A'。）

3. X' → X complements 意為，一個單 bar（＝中間成分）結構是由一個實體核心字和任何可能補語組成。例如，X' = A'（djective, 單 bar 形容詞），則 A'（單 bar 形容詞）的核心字為此形容詞詞彙範疇 A。）

以下爲 C-3 傳統樹狀圖例句的 X-bar 樹狀圖版：

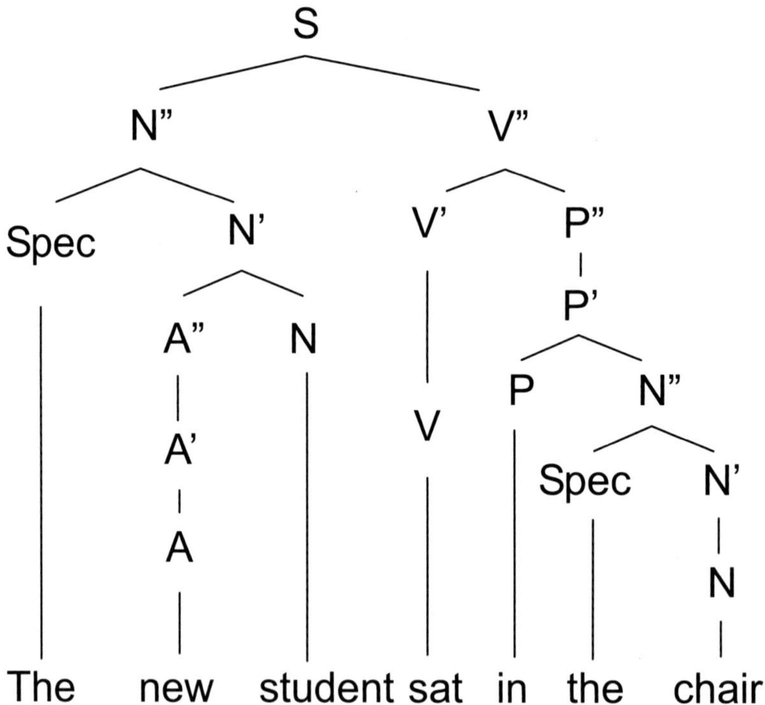

## C-20：自 1950 年代以來，句法學理論發展的先後順序為何？

句法學理論自 1950 年代以來的發展年表約略如下：

| | |
|---|---|
| 1951 ~ 1977 | X-bar Theory |
| 1955 | Logical Structure of Linguistic Theory |
| 1957 | Syntactic Structure |
| 1963 | Katz-Postal Abstract Syntax |
| 1965 | Aspects of the Theory of Syntax |
| 1967~78 | Generative Semantics |
| 1967~79 | Case Grammar |
| 1970 | Interpretivism-lexicalism |
| 1973 | Trace Theory |
| 1973 | Montague Grammar |
| 1974 | Relational Grammar |
| 1974 | Space Grammar |
| 1975 | Cognitive Grammar |
| 1975 | Revised Extended Standard Theory |
| 1978 | “Realistic” TG |
| 1978 | Arc-pair Grammar |
| 1978 | Generalized Phrase Structure Grammar |
| 1980 | Government and Binding |
| 1982 | Lexical-Functional Grammar |
| 1983 | (neo-)Cognitive Grammar |
| 1984 | Hard-driven PSG |

# D、語意結構

## D-1：為何研究語意？

每個語言都存在著很多有趣的語意現象。例如以下中文的一些詞句：恢復疲勞、談戀愛、誰叫肉圓？、開心手術、又出軌了、我在追她、眼睛吃冰淇淋、充電、校長派去打掃、等等、都充滿了有趣的語意模擬兩可、矛盾、隱喻、等等現象。尤其，某些非表面意義的表達，聽者是如何理解的呢？例如，有時候在某個語境之下，「好聰明的人」這樣的一句話，聽的人會知道其意非在贊美，而是在諷刺；「騎車小心」其意非在關心，而是在警告、威脅。

語言學家對此種種有趣語意現象感到好奇，而想來一探語意結構的奧妙之處。透過有系統以及客觀的語意結構研究，語言學家便得以分辨不同的語意形態以及瞭解字和句子在語境中所扮演的角色：一個表達（expression）其真正的意義是指它在某個語境裡面的用法，而不僅是單一表面之固有語意。

## D-2：隱喻是什麼？

隱喻是爲特殊目的而使用的一種非表面意義的表達。例如此句話：在戰場上，他「勇猛如獅」。「勇猛如獅」即爲表達主詞「他」在戰場上有多英勇的隱喻之詞。由於用來隱喻的字詞本身已有其本意（例如，英文 sharp 本意是「鋒利的」，但在表達隱喻時，則有「聰明的」之意），所以，實際上來說，這種結構會有語意模擬兩可的情況存在。

但通常除非是用來開玩笑，或在某特殊語境之下的使用，或甚至語言使用者根本不曉得其非表面意義的存在，否則一般人的語意理解系統自然會傾向隱喻之意。例如，「他鐵面無私」正常的理解都應該會指向其隱喻方面的意義，而非其表面意義所指的「鐵面」。隱喻的表達也因地制宜，並非一體適用。像「他膽小如鼠」這種句子如果使用在從來未曾看過老鼠的地方，其隱喻方面的意義，可能就不容易理解。

## D-3：成語和俚語有什麼不同？

與上述隱喻不同，成語（idioms）指的是，一種兩個字以上，其語意並非來自表面意義的表達。例如，eat crow 和 raining cats and dogs 其意義並非表面語意的「吃烏鴉」和「天空下起貓和狗來」，而是特指「承認（所犯的錯誤）」和「天空下起大雨來」。而俚語（slang）則是一種非正式，並且有時間、地點、使用者等限制的表達。使用期不確定，有時候短短幾年就消失。例如，

cop a mope 是流行於 1960～70 年代紐約市警察圈的俚語，意指「離開」。所以，Are you going to cop a mope now?是指 Are you going to leave now?。但是，誠如以上所述，此俚語幾已不再被紐約市警察所用，連詞典也不容易找到。

由於成語的意義在所有英語系國家幾乎都一樣，是學習者在學習上列為優先的項目。俚語最好的學習方式則為，從電影或電視影片學習，而非買一本俚語的書來念。

## D-4：單字是語意結構的最底層嗎？

從句子層面的角度來看，單字似乎是語意結構的最底層：單字組成片語，片語再組成句子。然而，事實並非如此。就類似句子有表層結構和深層結構一般，每個單字都還含有更深層的語意結構：語意成分。以英語名詞 stone 為例來說，stone 還含有〔-animate〕（非生命性），〔+concrete〕（具體性），〔+count〕（可數性），〔+common〕（普通性）的更深層語意成分。同樣，中文的動詞「跑」則還含有〔生命性〕，〔具體性〕，〔移位性〕的語意成分。

一般描述名詞的語意成分有六項：〔±animate〕（生命性或非生命性），〔±human〕（屬人或不屬人），〔±concrete〕（具體性或抽象性），〔±count〕（可數性或不可數性），〔±common〕（普通性或專門性），〔±male〕（雄性或雌性）。英語 man 具備所有這六項語意成分。但當某個名詞既是〔+animate〕（生命性），也是〔+human〕（屬人）時，此時我們會說，〔+animate〕（生命性）是多餘的語意成分，因為〔+human〕（屬人）的語意成分即已含蓋〔+animate〕（生命性）；但反之則不亦然，因為〔+animate〕（生命性）不見得指人。

## D-5：有些話語為何會有雙重語意？

每個語言都存在單字、片語、句子語意模擬兩可的現象。例如，中文的母語使用者一定會知道「埃及棉襯衫」和「很難吃」分別的兩個語意。「埃及棉襯衫」是一種結構造成的模擬兩可，有『「埃及」「棉襯衫」』和『「埃及棉」「襯衫」』兩種意義。而「很難吃」有「味道很難吃」和「方法上很不容易吃」兩種意義。以結構造成的模擬兩可而言，組成方式會決定其語意；例如，『「很」「難吃」』指的是「味道很難吃」；而『「很難」「吃」』則指「方法上很不容易吃」。

另一種造成語意模擬兩可的現象來自語音：同音異義。同音異義詞容易產生語意的模擬兩可現象。例如，如果缺乏上下文，便無從知曉說話者說的單一語句是 You have two.或 You have to.或 You have, too.。中文由於有豐富的同音異義詞，因而，同音異義詞產生的語意模擬兩可現象更形普遍。因姓名產生的諧音所造成的同音異義困擾比比皆是。如以下對話：

某甲：請問小姐尊姓大名？

　　　ㄏㄜˊ　ㄅㄧˋ　ㄨㄣˋ
某乙：何　碧　汶

某甲：？？？☹（何必問？）

## D-6：多義詞和同音異義詞有何不同？

同音異義詞，如 D-5 所述，一個字或片語在相同結構裡，由於同音，而產生不同意義，造成語意模擬兩可的現象。而多義詞（polysemy）指的是，一個字在不同結構裡有不同的意義。例如，foot 在以下三句裡，各有其不同意義：

They hurt his foot.（足部）
We saw the bus parking at the foot of the mountain.（底部）
The rope is one foot long.（英尺）

一般而言，多義詞的現象比同音異義詞普遍。每個語言的辭典裡常常會顯示各字在不同結構裡的不同意義。然而，同音異義詞較少在辭典裡看到。

## D-7：反義詞為何有一般反義詞和特別反義詞之分？同義詞為何就沒有？

反義詞指的是，一組詞意相反的字，例如，大與小、新與舊、高與低／矮、長與短、等等。每一組反義詞字的第一個字，通常被稱爲一般反義詞，而第二個字通常被稱爲特別反義詞。一般反義詞的意思是指，此種類型反義詞普遍爲人們所用；特別反義詞，反之，指的是，在特別的語境裡才會使用的字。例如，我們一般會問「房子多大？」、「車子多新？」、「人、山多高？」、或「路多長？」；而只有在特別的語境之下，才會使用特別反義詞來詢問。例如，當有人在談論某矮子的身高時，也許就會出現「那他到底有多矮？」的問句。可是，正常的對話裡，沒有人會問人家「你多矮？」。

同義詞指的是，詞意相近的字。一般而言，很少有詞意完全相等的字。例如，「快樂」和「愉快」是詞意很相近的同義詞，但很難說它們詞意百分之一百完全相等，因爲如果如此，以下這兩句話就應該全部成立：

他是一個快樂的人。

?他是一個愉快的人。

可是，多數中文的母語使用者應該都同意，第二句很有問題，並不是一個可接受句。另外，基本結構上，反義詞由於須有語意相反之對照，因而會形成一組詞意相反的字；同義詞並不需要這樣的對照，因而，不會形成一組詞意相近的字，當然也就沒有進一步所謂的「一般」和「特別」之分。

## D-8：名詞在語句中的位置與意義的關係為何？

通常作文教學時，會告訴學生，除了強調句型外，一個普通句子裡強、中、弱語氣的位置爲：句首爲中、句中爲弱、句尾爲強。例如，「前面有一座橋」這一句話強調的是「一座橋」

不是「前面」也不是「有」。同樣,「我是律師」強調的是「律師」。

英文也是一樣,講 Wilson sent me a letter 和 Wilson sent a letter to me 強調點是不同的:前者強調物件 a letter,後者強調人 to me。英文常見的介系詞片語前移的結構,意義也是如此。The men marched up the hill 強調的是 up the hill;Up the hill marched the men 強調的是 the men;Up the hill the men marched 強調的則是 marched。英文口語裡常聽到的 I am here 和 Here I am 也是在說明強調的不同:前者強調地方 here,後者強調 am 來說明主詞的狀態。所以,當某人要回答 Where are you?這樣的句子時,如果他要強調所處的地方位置,自然會回答 I am here 而不是 Here I am。

但如果是強調句型,強調位置則有不同。例如,主題化或受詞前移的結構,強調位置將隨著前移。「我喜歡吃水果」強調的是水果,而「水果我喜歡吃」強調的還是水果。英文有些倒裝結構也在說明強調:So glad were the students that they all passed the course 強調的是 So glad。

另外,中文結構裡,名詞在動詞前後位置有文法上意義的不同。名詞在動詞前時,是指聽者和說者都曉得的名詞;名詞在動詞後時,則指聽者和說者之中,最多只有一人曉得的名詞,也有可能兩人都不曉得此名詞。例如以下這兩句有名的例子:「客人來了」和「來了客人」。前者指的是聽者和說者都曉得「客人」是誰;後者指的則是聽者和說者最多只有一人曉得「客人」是誰,或許兩人都不曉得。

以實際的情形來說明,假設小明全家每個人都知道今日小明的老師要來做家庭拜訪。老師來時,小明剛好去雜貨店買汽水，回來時在門口碰到弟弟跟他說「老師來了」，指的就是名詞在動詞前的文法意義：兩人都知道「老師」指的是誰。反之，如果小明的弟弟跟他說「來了一個你的同學」，就帶有兩人都不曉得此所謂的「同學」是誰之意。

## D-9：語意學裡，語意角色指的是什麼？

語意角色（thematic roles or semantic roles）指的是，一個句子裡，名詞和動詞之間的語意關係。例如，在 Mary killed John 的句子裡，名詞 Mary 和動詞 killed 之間的語意關係是：Mary 是行使 killed 動作的行爲者（doer），語意角色稱爲施事者（agent）。而名詞 John 和動詞 killed 之間的語意關係是：John 是動詞 killed 動作的接受者（recipient），語意角色稱爲受事者（patient or theme）。其他語意學裡常見的語意角色還有以下種類：

1. 表達與動詞移位方向關係的目標：goal。例如，We walked towards the building. “towards the building”為表達與動詞 walked 移位方向目標的語意角色：goal。
2. 表達與動詞移位來源關係的 source。例如，We walked from that building to this house. “from that building”為表達與動詞 walked 移位來源的語意角色：source。另外，”to this house”也同時表達與動詞 walked 移位方向目標的語意角色：goal。

3. 表達與動詞所指之處所位置關係的 location。例如，Dennis is in India now. “in India”為表達與動詞 is 所處位置關係的語意角色：location。
4. 表達與述詞所描述之心理狀態關係的 experiencer： Dennis is afraid.“Dennis”為表達與述詞 is afraid 所描述之心理狀態關係的語意角色：experiencer。
5. 表達與動詞執行動作所用方式關係的 instrument（工具）。例如，Dennis roasted the chicken with an oven. “with an oven”為表達與動詞 cooked 執行動作所用方式關係的語意角色：instrument。而名詞 Dennis 在此句是施事者的語意角色，the chicken 則為受事者的語意角色。

## D-10：如何從代名詞和反身代名詞看出句法與語意的相關性？

語意上，代名詞必須有一個先行詞，意即，此代名詞所替代的某個名詞。句法結構上，代名詞的先行詞絕對不能是最靠近的主詞。例如，在「張三知道李四崇拜他」的句子裡，代名詞「他」的先行詞絕對不可能是「李四」，但有可能是「張三」或其他人。此種代名詞在句法與語意的相關性在英文也是一樣：Bill said that Johnson knew that Wilson hated him.代名詞 him 在此句的先行詞有三種可能：Bill, Johnson,或其他人。但是，Wilson 絕對不可能是 him 的先行詞。

反身代名詞在句法與語意的相關性與代名詞剛好相反：語意上，反身代名詞同樣需要有一個先行詞，但是句法結構上，反身代名詞的先行詞一定會是最靠近的主詞。例如，在「張三知道李四喜歡他自己」的句子裡，反身代名詞「他自己」的先行詞絕對是「李四」，絕對不會是「張三」或其他人。英文的反身代名詞也是一樣：Bill said that Johnson knew that Wilson hated himself.反身代名詞 himself 在此句的先行詞只有一種可能：Wilson。Bill 和 Johnson 絕對不可能是 himself 的先行詞。

事實上，根據調查，代名詞和反身代名詞在句法與語意的相關性在每個語言都一樣：這是一種普遍性語法原則。

## D-11：語意上，什麼是指稱關係？

指稱的意思是指，一個表達所指稱的人、事、物、地、等等。例如、computer 這個英文單字所指稱的，是一種配有螢幕能夠執行很多指令的機器。

Computer（所指的是）⇒ 💻

這裡的💻是被指稱物（referent），而 computer 指的是💻，這樣的關係就是指稱。每個語言其絕大多數單字皆有指稱。但也有些字找不到指稱物。例如中文有些名詞像，龍、麒麟、貔貅、鳳凰、等等，就沒有指稱物。

## D-12：什麼叫做句子的真實性？

當語言使用者懂得一個句子的意義時，很自然他們就擁有判斷句子所言眞實性的第一要素，這是因爲要瞭解句子的對錯，得先懂得一個句子的意義，才有可能進一步決定句子的眞實性。句子的眞實性指的是，此句所言是否符合實際上存在的情況。例如，「地球是圓的」此句的眞實性爲眞，因爲實際上，地球的確是圓的。反之，「地球是方的」此句的眞實性則爲假，因爲實際上，地球是圓的。

但是，懂得一個句子的意義，卻不見得一定瞭解句子的對錯，因爲有可能一個人並不知道決定句子眞實性的實際情況。例如，「外太空有高智慧生物」此句的眞實性就很難判斷，因爲我們並不擁有決定此句眞實性的實際知識。同理，某句在某地爲眞，卻有可能在另一地爲假，因爲兩地的人對於句子眞實性的實際情況的瞭解也許不一樣。例如，「臭豆腐是香的」此句的眞實性對很喜歡吃臭豆腐的人來說爲眞，但是對不喜歡吃臭豆腐的人來說，則爲假。

另外，當句子涉及某些動詞的使用時，句子語意眞實性的判斷，也許就不是個人的認知及常識所能決定。例如，「張三相信有靈魂的存在」此句的眞實性則與到底是否有靈魂的存在問題無關。此句眞實與否的癥結在於，張三實際上相不相信。如果實際情況裡，張三的確相信有靈魂的存在，那此句的眞實性爲眞，否則爲假。

## D-13：語用學在講什麼？

語用學指的是，一個結構成分的意義詮釋來自所處語境，而非來自本身之固有語意。研究意義來自本身之固有語意的領域稱爲，語意學；研究意義來自所處語境的領域則稱爲，語用學。一般來說，語用學研究的是一般語意學理論無法解釋的語意現象。例如，像「張三懷疑李四搶了自己的女朋友」此句裡的反身代名詞「自己」之先行詞，如依一般反身代名詞的規則，其先行詞通常是最接近的主詞，也就是「李四」。然而，中文的母語使用者應該都會同意，此句裡的反身代名詞「自己」之先行詞是「張三」而非「李四」。像這種超越一般語意解釋的現象，須透過語用學的方法來說明。

另外，很多語言行爲的現象，特別是間接語言行爲，也都是語用學研究的範圍。例如，像「你近視嗎？」這樣的一句話就可以有很多解釋。「你近視嗎？」不需要語境的固有語意是，問人家眼睛有否近視，是疑問句，也是語意學的解釋。但是，在某個語境中，「你近視嗎？」就有可能產生非固有語意的解釋。例如，有人騎車闖紅燈被警察攔下來，警察一開口就是「你近視嗎？」，此時此句話就不再有固有語意的解釋，而有「你沒看到是紅燈嗎？」之意。不同的語境，「你近視嗎？」這句話還可以有（一）不小心、或（二）不專心的解釋。

像這種一般語意學理論無法解釋的語意現象，都是語用學研究的範圍：如何依據眞實世界的知識，來解釋這些一般語意學理論無法說明的語言使用現象。

## D-14：每個人的言談都必須符合「合作原則」嗎？

一段正常良好的溝通，通常隱含著一些規律共識，稱爲合作原則。言談者爲了溝通圓滿順利，通常會在話語中（一）、相互給對方適量的語意訊息，（二）、相互給對方眞正確實的語意，（三）、相互給對方合乎主題的語意，（四）、相互給對方簡潔的語意。例如以下對話：

張三：語概的小考是什麼時候？
李四：五月十八日，下下星期四，考句法樹狀圖。

李四的回答，適量、確實、切題、且簡潔。這絕對是一段正常良好的對話。然而，事實上，不是每個人的言談都必須符合此規律共識。有時候，爲了某些原因，言談者得以違犯合作原則。例如，假設李四打從心底就不喜歡張三這個人，他也許就想這樣回答：

張三：語概的小考是什麼時候？
李四：好像是那個禮拜，我忘了。
張三：知道考什麼嗎？
李四：好像要畫什麼圖，我也忘了。

這肯定不會是一段良好的對話，張三的不滿意，可想而知。李四的回答，不適量並且不確實，違反了規律共識，當然就合作不起來了。違犯合作原則的現象並非不普遍，在今天的社會裡，隨處可見。作姦犯科者，有誰會遵循會話的規律共識而誠實認罪呢？說謊的人也顯然都是違反會話規律共識的一分子，否則就不叫說謊了。

## D-15：那一種語句可以帶有行動意義？

有一種語句講起來像是在執行某種行動一樣，稱爲語言行爲。祈使句就是這一類型的語句，也難怪有時候稱爲命令句。例如，某軍官對士兵講，「把箱子打開來看看」，對此軍官而言，他並不需要親自動手，箱子就打開了，他的話就好像執行了開箱行動一樣，這是一種直接表達的語言行爲。

另外還有一種間接表達的語言行爲，普遍地使用於日常生活中，因爲此種間接表達的語言行爲是比較禮貌的語句，祈使句畢竟不是每種場合都適用。但是，間接表達的語言行爲也是深奧難懂的一門社會學，需要時間去學習。例如 D-13 所述「你近視嗎？」之例，即是一種。

以直接、間接兩種語言行爲而言，間接的語句佔多數，所以，例子也唾手可得。例如，有時候我們去他人家拜訪，告別時，主人總會習慣上拋出「再坐一下子嘛！」或「不再坐一下？」看似挽留，實際上只是表示禮貌的語句。此時如果客人不諳世事，還眞的再坐一下，主人心裡肯定不會高興。

## D-16：形容詞形容名詞時，意義上都遵循語意規律嗎？

的確，很多形容詞形容名詞時，都符合其形容之意。以表示顏色的形容詞爲例，藍天、白雲、紅豆、青山、黑狗、紫菜、黃牛、綠地、等等，都明確形容了中心名詞的顏色。可是，根據研究，形容詞形容名詞是語意學裡很複雜的一門學問，因爲形容詞不見得都形容了中心名詞的顏色。藍田、白煤、紅塵、青菜、黑名單、紫塞、黃宮、綠肥、等等，即不符合其形容詞的顏色表達。以產美玉聞名的藍田是山名，非藍色的田；白煤是指無煙煤，非白色的煤；紅塵並不是指紅色的塵土；青菜不全是青色的菜；黑名單並不是黑色的名單；紫塞指古時候的長城，與紫色無關；黃宮更不是指黃色的宮門，而是指人的腦頂；綠肥也不是綠色的肥料。

「形容詞＋名詞」的意義結構組合可說是語意學的一大挑戰，因爲其間並無規律可遵循。在日幣、台幣、人民幣、加幣的名詞中，除了日幣、加幣也能稱爲日圓、加元之外，台元、人民元的意義結構組合可就不能成立。同樣，一向稱爲美金的也可以叫做美元，可是日圓、加元卻不能稱爲日金、加金。當然，語言學家對此也並不是束手無策。這種現象語言學家認爲是「約定俗成」，沒什麼好爭論的。尤其，很多方面的語言現象是沒有邏輯的，也就是說，不是所有語言現象都能以類推的方式說明。「這個人很機車」並不等同於「這個人很摩托車」，雖然機車＝摩托車。

除了上述名稱問題之外，這種意義結構組合的另一挑戰是，中心名詞的語意問題。美人、農人、工人、大人、小人、老人、等等、可說都保留有中心名詞的語意：某種的人。可是，爲何假人、機器人、紙人、等等、卻不算是「某種的人」？色狼不是「某種顏色的狼」，羅馬更不是「某種的馬」，野女人也不算是「某種野蠻的女人」。聖經、佛經、易經、心經、可蘭經都是某種的經典，但，神經卻不是。當然，儘管這些違反語意規則的現象可以歸屬在語用學裡來解釋，「形容詞＋名詞」產生的複雜語意結構現象永遠無法被忽視。

## D-17：專有名詞有何特殊意義？

學英語時，應該都會對名詞要不要有冠詞的用法感到無所適從，因爲雖然有規律存在，太多的例外也是不爭的事實，所以通常學習名詞要不要加冠詞的最佳建議通常是：廣泛閱讀、學習英語人士實際的使用方法。

專有名詞在這一方面也很類似。一般而言，專有名詞前面不用冠詞。但，偶而也會看到專有名詞使用冠詞。慶幸的是，這樣的例外有限，還不致造成學習上的困擾。

其實，專有名詞在意義的層次還有幾項特性：(一)、專有名詞在語言的使用上，就像中文把名詞置於動詞前一樣，通常擁有說者和聽者都知道的語意特性。例如以下對話，

張三：我昨天在街上碰到陳立山。
李四：真的嗎？這傢伙畢業後就不知去向。現在在幹嘛？

人名「陳立山」是專有名詞。張三不自覺的語言知識告訴他，可以直接使用人名「陳立山」告訴李四，因爲張三知道李四認識此人。所以，在這裡，此專有名詞是張三和李四都知道的某個人。語言學稱這種現象爲 definite（明確指明）。反之，如果在聽者不知道此人是誰的情況下，有同樣的表達時，聽者的反應也許就不同：

> 張三：我昨天在街上碰到陳立山。
> 李四：陳立山？誰是陳立山？
> 張三：我們以前高中的同學。
> 李四：怎麼沒聽過？

正常的情形下，此種對話並不會產生。張三如果知道李四並不認識此人，比較可能的對話會像：

> 張三：我昨天在街上碰到我們以前高中的同學。
> 李四：誰？
> 張三：你不認識。他是 3B 的。

這正是專有名詞 definite（明確指明）的語意特性。(二)、英文的專有名詞前面通常也不接形容詞，形容詞只修飾普通名詞。當然，少數特例也偶爾會發現，例如，old Mary。(三)、不像普通名詞有複數形，英文專有名詞一般是沒有複數形的，除非特殊的語境裡出現兩個相同的專有名詞，例如，人名，那就有可能出現複數形。假設一支棒球隊裡有兩位球員都叫做

William，那就有可能出現這樣的語句：We have two Williams in this team.。

## D-18：語意邏輯 entailment 指的是什麼？

「需要」（entailment）的意義概念在語意學上是指，在一對句子裡，當一個句子語意具眞實性質時，此句一定會「需要」另一句的語意爲眞。但是，反之則不亦然。例如，如果 I saw a cat under my bed 此句爲眞（意指，說話者的確在床下看到一隻貓），則一定也「需要」此句 I saw an animal under my bed 爲眞。反之，如果 I saw an animal under my bed 爲眞，則不一定「需要」此句 I saw a cat under my bed 爲眞，因爲也有可能指其他動物。

I saw a cat under my bed ⇒ I saw an animal under my bed
需要（entails）

I saw an animal under my bed ≠> I saw a cat under my bed
不需要（not entail）

## D-19：語意的表達，有時候為什麼需要間揞？

語意直接的表達和間接的表達通常也透露出人與人之間關係的端倪。一般來說，關係愈親密，語意的表達愈直接；關係愈疏離，語意的表達就愈間接。以英文要人家安靜、不要吵的表達而言，關係愈親密的會使用 shot up!；次親密或中間關係的會使用 Be quiet, will you?；關係愈疏離的會使用 Would you please keep your voice down a little bit?

以另一種方式看，關係愈親密的語意表達愈不正式、不禮貌；關係愈疏離的語意表達則愈正式、愈有禮貌。所以，對於不認識的人使用禮貌的語句乃正常的現象。以一個人在社會裡面的人際關係而言，熟識的人總是有限，絕大多數都是不認識的人。在此種情況之下，間接語意的表達就變得很重要，因爲對不認識的人使用正式、有禮貌的語句是人類社會的語言潛規則。不如此，這樣的人恐怕很難在社會生存。

## D-20：Be going to 和 Be about to 的未來語意有何不同？

英文表達未來語意的方式有七種之多，這裡只討論兩個結構看起來相似的表達：Be going to 和 Be about to。

1. 使用 be going to 是指，事情將在幾小時內、幾天內、幾星期內、或幾個月內發生。時間上通常比使用 will 的表達還要快許多。下列兩例句裡，使用 be going to 的比賽時間比使用 will 的更快發生。

   These two baseball teams are going to play.

   These two baseball teams will play.

2. 使用 be about to 是指，事情將非常快的，幾分鐘內馬上就要發生。

   時間上是所有七種表達未來語意裡最快發生的。

   These two baseball teams are about to play.

所以，在平常的語言使用上，聽到老外用此結構跟你表達離開之意，例如，“I’m about to leave for the airport”，就得知道趕快告辭，才不會讓人家覺得你到底是不懂英文還是不懂禮貌。

# E、語音結構

## E-1：語音學和音法學／音韻學有什麼不同？

語音學（phonetics）指的是，與發音、語音本身有關的研究，主要分爲以下三個領域：研究語音如何產生的發音語音學、研究聲音如何被我們感知的聽覺語音學、和研究語音音波本體結構的聲響語音學。

發音語音學是目前語音學的主流，聲響語音學近幾十年才開始蓬勃發展，而聽覺語音學的研究仍相當冷僻，瞭解仍然有限。這也就是爲什麼談到語音學，一般指的就是發音語音學的原因。發音語音學主要談到人類是如何產生語音的，我們有那些發音器官，有那些發音位置及發音方式，每種語言的語音系統爲何。

音法學或音韻學（phonology）指的則是，語音組成規律的研究，也就是，語音文法的研究。每種語言語音的組成都有其規律。例如，以日語而言，日語是一種子音＋母音＋子音＋母音……（CVCV...）語音規律的語言。母音也許可以單獨發音，但是子音一定要搭配母音才行。也就是，日語每個字的組成必須是這種 V 或 CV...的系統。

所以，當日文所借用的外來語並不遵循此語音規律時，日本人自有一套方法來使外來語的結構轉爲此系統。例如，英語的 out〔aut〕是 VC 的語音結構，並不符合日文的語音結構。日本人要把這個字當成日文來唸時，要唸成 VCV 的〔auto〕才行。

## E-2：人類的語言發音涉及到那些器官部位？

要瞭解語音是如何產生的，我們得先認識一下我們的發音器官。以下爲人類由外而內跟發音有關的主要器官。

口腔 → 嘴唇 → 牙齒 → 齒齦 → 硬顎 → 軟顎 → 小舌 → 鼻腔 → 咽頭 → 舌頭 → 聲門 → 喉頭 → 聲帶 → 肺部

任何母語使用者發音時，並非每個發音器官都會使用。而是根據個別語言的不同，使用不同的發音器官。像英文、中文就用不到小舌頭發音，而印歐語系很多語言的發音器官就包含了小舌頭。

多數人類語言的發音都是透過肺部產生氣流，往口、鼻腔部位送出，當氣流經過發音器官時，會與其產生摩擦、擠壓等等方式，而發出各種語音。但是，在非洲也有氣流由喉頭產生或內吸的方式來經過發音器官而發出語音的語言。所以，並不是所有人類的語音都是由肺部產生的氣流來發音。

## E-3：人類語音的兩大系統是什麼？

子音與母音是人類語音的兩大系統。子音的發音特徵是，透過各式各樣阻撓氣流的方式，來通過口腔或鼻腔而產生語音。母音的發音特徵則是，氣流以較無阻礙通過口腔的方式來產生語音（絕大多數語言的基本個別母音發音並無鼻音性，所以氣流不會通過鼻腔；實際語境裡的發音則可能出現鼻音化母音）。子音發音位置也是造成子音發音特徵的一項原因。以英語爲例，子音發音位置如下：

1. 雙唇：p、b、m、w
2. 唇齒：f、v
3. 齒間：θ、ð
4. 齒齦：t、d、n、s、z、l、r
5. 硬顎：ʃ、ʒ、tʃ、dʒ、j
6. 軟顎：k、g、ŋ
7. 聲門：h、ʔ

另外，子音的發音方式也是造成子音發音特徵的另一項原因。以英語爲例，子音發音方式如下：

1. 阻塞：p、b、k、g、t、d
2. 摩擦：f、v、θ、ð、h、s、z、ʃ、ʒ
3. 塞擦：tʃ、dʒ
4. 鼻音：m、n、ŋ

5. 滑音：w、j
6. 邊音：l
7. 捲舌音：r

這裡的滑音、邊音、和捲舌音統稱爲「近音」(approximants)，意指這些音在發音上很接近母音。另外，子音的發音方式還包括有聲和無聲：前者指發音時聲帶有振動：後者發音時聲帶則無振動。英語某些子音像 p, t, k 如果發音位置位於重音節的開始位置時，則產生送氣音。例如，pick〔$p^h$ɪk〕。當子音發音時，如果軟顎位置往上提，則產生口腔音；反之，如果軟顎位置往下垂，則產生鼻腔音。拍音和顫音是 r 音的兩種發音方式。拍音是單點音，而顫音是快速多點音。南非祖魯音是一種氣流往內吸在軟顎處拍打的音，英語稱爲 clicks。

母音的發音通常使用口腔位置圖來標示母音的舌頭發音位置：高、中、低、前、中、後。另外，母音則比較不像子音有多種發音方式。

## E-4：單母音、雙母音和三母音的意義是什麼？

單母音，顧名思義，指的是只有一個母音，發音時，氣流流向一致，無口腔位置滑動現象。像英文的十二個基本單母音：/ i, ɪ, e, ɛ, æ, ə, ʌ, a, ɔ, o, ʊ, u /。雙母音指的則是由兩個單母音組合而成的音，發音時，氣流會從第一個母音在口腔的位置流向第二個母音在口腔的另一位置，造成單一滑音現象。像英文的三個雙母音：/ aɪ, ɔɪ, aʊ / 皆是如此發音現象。同理，三母音指的則是由三個單母音組合而成的音，發音時，氣流會從第一個母音在口腔的位置流向第二個母音在口腔的另一位置，最後再從第二個母音在口腔的位置流向第三個母音在口腔的另一位置，發音時，由於氣流流向兩度改變，造成雙滑音現象。/ aɪə / 是英文的一個三母音。

## E-5：音素、語音、音段和超音段是什麼？

音素（phonemes）指的是，能夠區分不同意義的音（也就是，每個語言子音系統和母音系統裡的音）。語音（phones or speech sounds）指的則是，這些音素實際上發出來的語音。在語言學的習慣上，通常把代表音素的符號放在傾斜線內//，而把代表實際音的語音符號放在中括號內〔〕。例如，/ p / 代表的是英文的子音音素 p。當把此音素與其他音素結合成一個語音單位，例如，split〔splɪt〕，念出來時，就是語音。所以，我們念出來、聽到的音都是語音。這個觀念有點類似句子結構篇裡談到的深層結構和表層結構：音素就像深層結構，而語音就是表層結構。

而音段（segment）指的是，任何一個實際上發出來的子音、母音、雙母音、或三母音。以 bicycle 的音標〔baɪsɪkḷ〕爲例，共有 b - aɪ – s - ɪ - k - ḷ六個音段。一個單字的音標也是音段層。另外，有些發音現象都是在音段結構之外發生，例如，音的長度、韻律、重音、高低音、語調和大小聲，等等，故名超音段（超越音段結構的發音現象）。

## E-6：從英語音節的結構來看，子音與母音有何不同？

英語的音節結構可分爲三部分：節首子音（onset）、核心母音（nucleus）、節尾子音（coda）。節首子音指的是，一個音節裡，母音之前的子音；核心母音是一個音節裡的母音，此母音也許是單母音、雙母音、或三母音；節尾子音則是一個音節裡，母音之後的子音。例如，在〔splɪt〕的單音節音段裡，節首子音指的是 spl，核心母音是 ɪ，節尾子音則是 t。

從音節結構上的角度來看，可以發現母音通常發生在音節的核心位置，而子音則通常發生在音節的音節首或音節尾的位置。但是，音節結構裡，只有母音是必要成分，節首子音和節尾子音都可有可無。

## E-7：為何有些英語音標裡的子音下方會標有一點？

英語的四個子音：邊音：l、捲舌音：r、鼻音：m 和 n，在音節的某些結構裡，可以視爲核心母音來當作音節的核心。爲了區別這四個核心母音和其原來的子音角色，特在此四個子音符號下方標一小點，來表示它們的核心母音身分地位：l̩、r̩、m̩、n̩。此時它們就稱爲音節性子音。例如 E5 裡的〔baɪsɪkl̩〕，kl̩ 是一個音節，而音節性子音 l̩ 在此是核心母音的身分地位。

## E-8：英語的音節結構是怎麼劃分的？

在英語的音節結構劃分裡，符號 N 用來表示核心母音或可當作音節核心的音節性子音；符號 O 用來表示節首子音；符號 C 用來表示節尾子音；符號 σ 用來表示音節；符號 W 用來表示單字。下面以 telephone 單字爲例，英語的音節劃分有以下步驟：

步驟一：首先連接核心母音或可當作音節核心的音節性子音

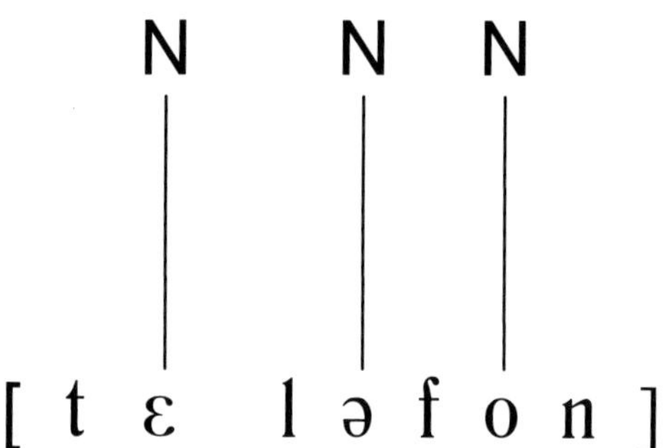


步驟二：連接節首子音（最多三個，並且必須符合英語的語音結構）

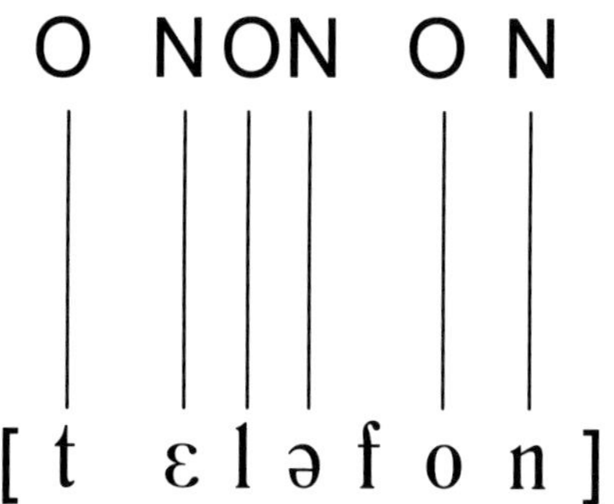

步驟三：連接剩餘的節尾子音

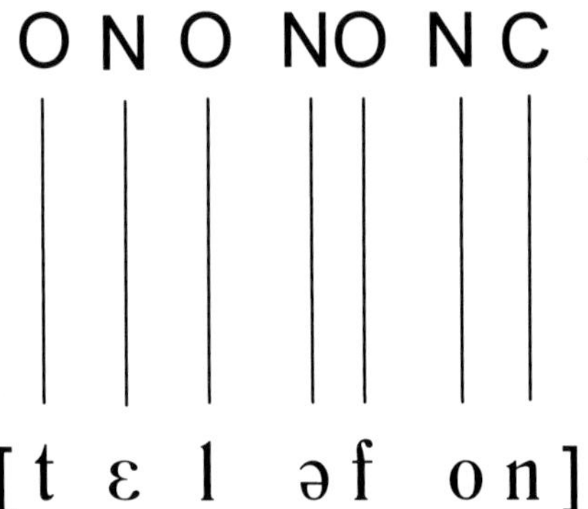


步驟四：音節結構劃分完成

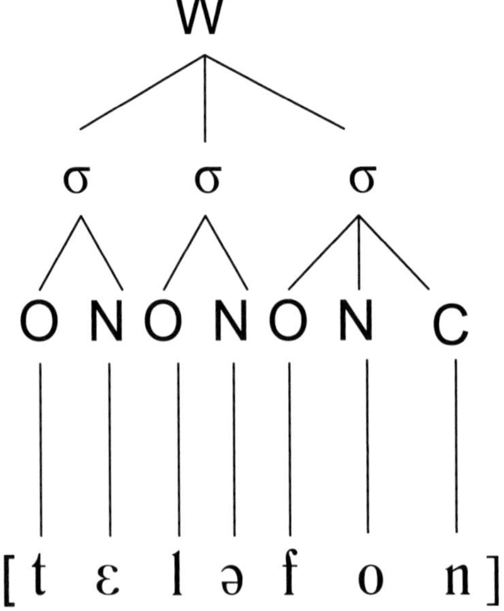

## E-9：英語的半母音為何放在子音表裡面？

英語有兩個子音稱爲，半母音（semi-vowel）或半子音（semi-consonant）：/ w / 和 / j /，發音時由於常常必須滑動到其後的母音位置，因而也被稱爲滑音（glide）。習慣上，半母音比較爲多數人所使用。半母音被置於子音表的理由有以下兩點：

1. 從結構上的角度來看，半母音皆發生在音節的邊緣位置（即音節首或音節尾），所以功能上類似子音。
2. 從發音上的角度來看，半母音發音時像母音，口腔內部比較沒有阻礙，所以性質上類似母音。

以功能和性質而言，一般自然的考量是以功能爲主要，因而，半母音習慣上就置放於子音表裡面。

## E-10：什麼是音素的同位音？

每個音素在實際上通常會有一些不同的發音，每一個這些不同的發音都是一個語音。這些不同的語音也就是音素的同位音。例如，表示英文複數的音素 / z / 實際上有三種不同的發音。這些發音變化是根據其前所附著之尾音性質而定：

/z/ 〔s〕 → books〔bʊks〕
〔z〕 → dogs〔dɔgz〕
〔əz〕 → wishes〔ˋwɪʃəz〕

同位音通常不會改變語意，意思是說，一個人把 books 念成〔bʊkz〕，聽者並不會覺得是另外一個字，還是 books 的意思。這跟帶鼻音的字一樣，鼻音化的字並不會改變語意，中英文都是如此。

在語言學的解釋裡，同位音不是一個語言的基本語音，並不是音素。每個語言的音素都是能區分語意的，唯有如此，語言的使用者才能透過這樣的機制，產生無限的語意表達。

同位音的音通常呈現互補分布的現象。互補分布是指，每個同位音的位置都是唯一的。例如，上述音素 /z/ 的三個同位音，各有其固定位置，彼此之間不能互相取代或交換。所以，同位音〔s〕絕對只出現在名詞尾音爲無聲子音的字之後來形成複數，其餘位置絕不會有同位音〔s〕出現。

其他種類同位音的出現也都遵循此原則，這樣的現象稱爲互補分布。中文句法上也有互補分布的現象。語尾疑問詞「嗎」和語尾詞「呢」通常呈現互補分布：使用「嗎」的疑問句就絕對不能用「呢」來取代，反之亦然。如下例所顯示：

妳能來嗎？ vs. *妳能來呢？
這是誰呢？ vs. *這是誰嗎？

## E-11：一個未知語言的語音系統如何得知？

語言學家是如何找出一個未知語言的語音系統呢？例如，一個座落於新幾內亞內陸叢林的部落民族，幾世紀以來未曾接觸過叢林外的世界，語言學家要如何找出他們所使用語言的語音系統？通常，這要大力借助於「最小音異字對（minimal pair）」的測試方式來逐一測出子音及母音系統。「最小音異字對（minimal pair）」是指，兩個語意不同的字只有一個在相同位置地方的語音相異。例如，英文的 pit〔pɪt〕和 bit〔bɪt〕這一對字語意相異，指「凹處」和「小片」，但是只有相同位置的節首子音不同。pit 和 bit 就被稱爲是「最小音異字對（minimal pair）」。

當調查的音韻學者想要確定某個語言的子音系統裡是否有音素 p、b 的存在時，調查學者使用類似 pit 和 bit 字對的一組字來做測試，詢問被調查語言的母語使用者，兩個字語意是否相同。如果語意相同，調查學者便知 p、b 這兩個音不是音素，而是同位音（之前提過，音素是能夠區分不同語意的音，而同位音是不能夠區分不同語意的音）；反之，如果語意不同，調查學者便知 p、b 這兩個音是這個語言的音素，也就是，他們的子音表裡會有這兩個基本音。如果要找出母音系統裡的音素，也是使用同樣的方法，只是語音相異的位置要改成母音的位置。例如，pat〔pæt〕和 pet〔pɛt〕。

## E-12：有些英語單字為何常有兩種發音？

學英文的人應該都知道有一些字可以有稍爲不同的發音，而且意義不變。例如，either 可念成〔ˋiðə〕或〔ˋaɪðə〕，語言學稱這種現象爲自由變體（free variant）。英文裡有不少這種自由變體的發音現象，主要源於美國英語和英國英語的發音差異。根據台灣商務印書館 1995 年發行，由侯維瑞主編的《英國英語與美國英語》一書裡面的敘述，英語自從在美國新大陸獨自發展之後，便隨著時間產生與原來英國英語相異的語音變化，其中尤以母音的變化最大。

有些語音變化有規則性，例如，最爲人所熟知的 r 音差異：美國英語發 r 音的規則是，字母裡有 r 的，發音時就得有 r 音；而英國英語並非如此，有兩種情形是不發 r 音的：字母 r 出現在字尾和子音前。例如，farce 的美國音是〔ˋfars〕，英國音則是〔ˋfas〕。sour 的美國音是〔ˋsaur〕，英國音則是〔ˋsau〕。也因爲如此，英國英語常會出現同音異義詞。

另外，有些這種自由變體是沒有變化規律的，像上述常見之 either（〔ˋiðə〕爲美國發音，〔ˋaɪðə〕爲英國發音）以及字母 z 的發音：〔zi〕（美國發音），〔zed〕（英國發音）。

## E-13：語音的自然類組是什麼意思？

當某些語音擁有相同發音成分時，這些語音就可歸類爲同一自然類組。例如，在 /l, m, t, s, r, d/ 這些語音裡，除了 /m/

之外，其餘 / l, t, s, r, d / 都是齒齦音，都有齒齦位置的發音成分，所以是一自然類組。也可以說，除了 / m / 之外，其餘 / l, t, s, r, d / 都是口腔音，都具有非鼻腔位置的發音成分，所以是一自然類組。還可以說，除了 / t,s / 之外，其餘〔l, m, r, d〕都是有聲音，都具有聲帶振動的發音成分，所以是一自然類組。

同理，在 / e, a, ɪ, æ, ɛ / 這組母音裡，除了 / a / 之外，其餘/ e, ɪ, æ, ɛ /都是前母音，都有口腔硬顎位置發音成分，所以是一自然類組。也可以說，除了 / a, æ / 之外，其餘 / e, ɪ, ɛ / 都是非低母音，都有口腔中上位置發音成分，所以是一自然類組。還可以說，除了 / ɪ / 之外，其餘 / e, a, æ, ɛ / 都是非高母音，都有口腔中下位置發音成分，所以是一自然類組。

## E-14：何謂「音法規律」？

音法規律是用來描述語音之間的結構關係。例如，英文的無聲阻塞音素 / p, t, k / 出現在重音節母音前的第一個位置時，發音時氣流量較平常位置大，產生送氣現象。如果要用音法規律來描述此發音現象，可以有三種方式：

1. 文字說明：英文的無聲阻塞音素 / p, t, k / 出現在重音節母音前的第一個位置時，發音時產生送氣現象。
2. 簡式說明：/ p, t, k / →〔+aspirated〕/ #____（C*）
3. 使用發音成分說明：〔+consonantal, -voiced, -continuant〕→〔+aspirated〕/ #____（C*）

簡式說明裡的#____（C*）是指，重音節母音前的第一個位置與此重音節母音之間有可能出現一至二個子音，而〔+aspirated〕是指含有送氣成分。使用發音成分說明裡的〔+consonantal, - voiced, - continuant〕是指，英文裡發音時有阻塞的（〔+consonantal〕），無聲的（〔-voiced〕），氣流非持續的（〔-continuant〕）音（以英文而言，指的就是/ p, t, k /）。

此三種方式表達的意義都一樣，但是音法學家偏好使用發音成分說明的方式，因為只要使用幾個成分符號就可以代表很多音素，是比較精簡的音法規律表達方法。

## E-15：為何說中文是聲調語言，英文是語調語言？

當一個語言的單字語音高低變化能夠改變語意時，我們稱這種語言為聲調語言（tone language），而中文正是這樣的一種語言。世界上目前所知語言裡，有一半以上是聲調語言。我們身為中文的母語使用者應該都知道，中文四聲的變化可以產生不同的意義：

ㄉㄚ　ㄉㄚˊ　ㄉㄚˇ　ㄉㄚˋ
搭、達、打、大

英文卻不是聲調語言，因為英文單字本身並無聲調變化產生語意變更的現象。如果把英文 I 用中文的四聲來念，語意不會改變。同樣中文的ㄞ，用四聲來念，語意就不同了：

ㄞ　ㄞˊ　ㄞˇ　ㄞˋ
挨、皚、矮、愛

英文被視爲是語調語言（intonation language）是因爲，英文特別強調在片語和句子結構中，透過高低音變化來產生不同的語意。以英文最普遍的 231 語調變化爲例：

a. 直述句（Declarative Sentences）
2-------------------3---1
We are college students.

b. 祈使／命令（Commands）
2-----------------3---1
Don't forget to come!

c. 疑問詞疑問句（Wh-questions）
2-------------3----1
Who is your friend?

如果是疑問句，語調變化改變爲 233：

d. 疑問句（Yes-no questions）
2-----------------3----3
Is your friend a student?

這裡的阿拉伯數字指的是，英文四個高低音等級：4 → extra-high, 3 → high, 2 → mid（ = normal level）, 1 → low。

## E-16：中文也有類似英文的音節結構嗎？

中文的每個字體就是一個音節，所以當然也有音節結構，只是跟英文有所不同。雖然中文的音節跟英文一樣都有三大結構，但是中文的三大結構是：聲母（initial）、韻母（final）、聲調（tone）。韻母結構還含有介音（medial）、核心母音（nucleus）、節尾音（ending）。節尾音又可分爲母音節尾（vocalic ending）和子音節尾（consonantal ending）。用「小」這個字的漢語拼音 xiao 爲例說明：x 是聲母，i 是介音，a 是核心母音也是標示聲調所在位置，o 則是母音節尾音。

另以「芬」這個字的漢語拼音 fen 爲例說明：f 是聲母，e 是核心母音也是標示聲調所在位置，n 是子音節尾音。英文的音節結構裡，核心母音是不可或缺的必要成分；而中文的音節不可或缺的必要成分則是，核心母音和聲調。

## E-17：英語音標與字母本身的發音有何差異？

英語音標與字母有些符號雖一樣，但發音不同。英語字母的發音是固定的，透過音標發音。例如以下爲英語二十六個字母本身的發音：

| | | |
|---|---|---|
| a →輕讀〔ə〕，重讀〔e〕 | b →〔bi〕 | c →〔si〕 |
| d →〔di〕 | e →〔i〕 | f →〔ɛf〕 |
| g →〔dʒi〕 | h →〔etʃ〕 | I →〔aɪ〕 |

j →〔dʒe〕 k →〔ke〕 l →〔ɛl〕
m →〔ɛm〕 n →〔ɛn〕 o →〔o〕
p →〔pi〕 q →〔kju〕 r →〔r〕
s →〔ɛs〕 t →〔ti〕 u →〔ju〕
v →〔vi〕 w →〔ˋdʌbl̩ju〕 x →〔ɛks〕
y →〔waɪ〕 z →〔zi〕or〔zed〕

每個音標的發音則先區分子母音的類型。如果是子音，則須視發音位置和發音方式來決定其發音的內容。例如，/ m / 的發音位置是唇位，發音方式爲聲帶振動、阻塞鼻音。如果是母音，則須視發音前、中、後位置和發音高、中、低位置，以及唇形來決定其發音的內容。例如，/ i / 的發音位置是前、高位、唇形爲展唇的音。

## E-18：什麼叫做語音方面的「可能字」？

每個語言都存在著某些結構正確但並不存在的單字詞語，又稱爲可能字（possible words）。一般而言，這些可能字音素的排列組合必須符合所屬語言的語音規律。例如，現今台灣的中文就有不少此類可能字，通常都用注音符號表示：ㄍㄧㄥ、ㄎㄧㄠ、ㄘㄟˋ、ㄘㄨㄚˋ……等等。當然，多數台灣的中文母語使用者都曉得，這些都是閩南語用注音符號注釋而來的字。由於正式漢語並不存在這些字，這種形式的注音仍算是可能字。英文也有很多可能字，廣告用語尤其多：SONY, TOYOTA, KLEENEX, XEROX, ASUS, TOSHIBA……等等。

## E-19：母音口腔位置圖是英語專用的嗎？

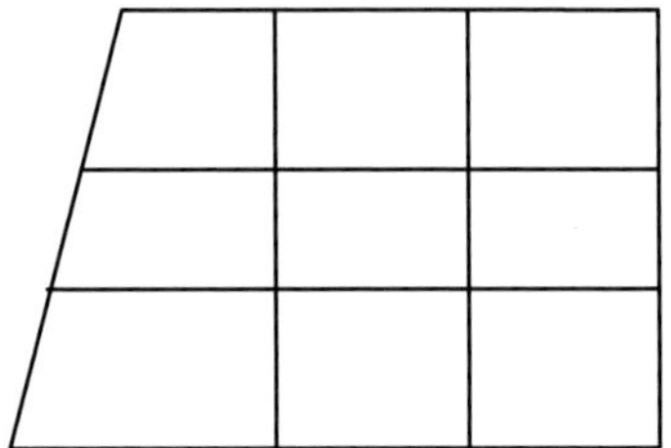

學英語發音的學生對這張母音口腔位置圖（The Cardinal Vowel System）一定不會陌生，因爲學英語的母音發音時，一定會用到這張圖。這張圖標示著母音在口腔中前、中、後和高、中、低的發音位置。事實上，這張母音口腔位置圖是任何人類自然語言（也就是，不包括手語）都能夠使用的一個發音學習輔助圖，並非英文所專屬，也是一種辨別一個語言母音發音位置滿精確的方式。

## E-20：語音的同化發音是指什麼？

語音的同化發音（assimilation）是指，兩個發音動作同時產生而造成的發音現象。以英語來說，語音的同化發音分爲兩種：後音影響前音、前音影響後音。例如，see〔si〕的發音就是一種後音影響前音的同化發音：〔si〕的發音出現了展唇現象。由於子音 s 並非展唇音，而母音 i 是展唇音，顯然，當 s 和 i 同時發音時，後音的展唇母音 i 影響到前音而產生了同化發音。

另外，mood〔mʉd〕的發音就是一種前音影響後音的同化發音：〔mʉd〕的發音出現了高後母音 u 前移的現象。這是由於鼻音 m 是前音，當 m 和 u 同時發音時，前音的鼻音 m 影響到後音的高後母音 u 而使其產生前移的同化發音。上述兩種同化發音，同時也都是共同發音（coarticulation）的現象。

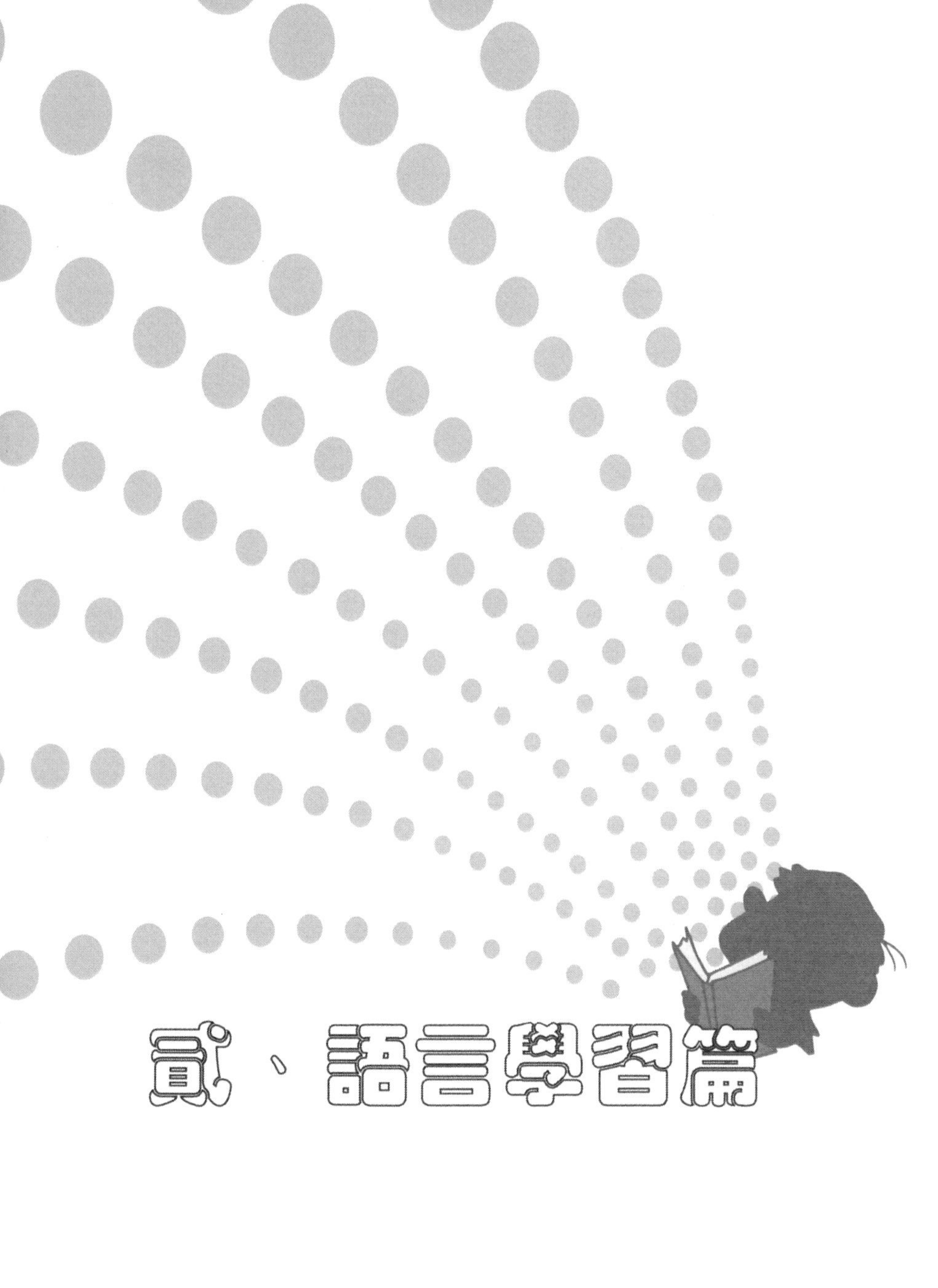

# 貳、語言學習篇

## 一、英語早學或晚學並不影響成績的表現，所以不必急著太早學？

自從教育部規定小學生必須學英語之後，學界對此即有諸多討論。教育部曾公佈委託大學教授所做的〈提早於幼兒階段學習英語與後續英語、國語能力的相關研究〉期末報告指出，從所調查學生的測驗成績顯示，太早學習英語學生的成績表現未必佳。另外相關的研究也指出，從大學生多益英語測驗成績顯示，國中時期才是英語學習的關鍵時期，小學就開始學英語，長大以後英語能力並無明顯影響。對於這兩份接連而來的研究報告所指，直讓人憂心忡忡，深怕這樣的結論也許會扭曲了一般人對語言學習意義的眞正了解。

語言需要早一點學，其眞正的意義是因爲需要習得掌握此語言的母語能力（native speaker competence），也就是獲得我們所謂的不自覺「語感」（intuition）能力，而非僅爲了能在考試上面有亮麗的成績表現。一個人具有某種語言的母語能力，即具備使用此語言的不自覺（unconscious knowledge）語感，即能擁有不假思索的、下意識的聽、說、讀、寫之語法能力。

可是這種能力卻並不一定顯示在語言成績表現上面，因爲這點還是需要後天的努力。好比每個具備中文母語能力的我們，不見得都能在中文語言的測驗上面表現優越一樣。平常不去準備，即使考中文一樣考得不好。可是，擁有中文的語感卻可以讓我們在中文的使用表現上面怡然自得。

相對於以前國中才開始學英語的人，雖然英語也可以學得很好，托福也有高分的亮麗表現，就是不具備英語的母語能力，一但英語的使用上面不具備不自覺語法能力，語言的表現自然有其極限。這也就是爲什麼過去我們的英語表現爲人所詬病的主要原因之一。不久前，報載托福考試亞洲前三名爲印度、新加坡、菲律賓。從這三個國家都是把英語當做官方語言的共同現象便可得知，幼童時期語言學習的重要性。

如果從語言習得理論「天賦論」（Innateness hypothesis）及「關鍵時期假設」（The critical period hypothesis）來看，鼓勵小孩子多語學習，且應儘早在青春期之前完成，應該是比較正確的一種做法。知名美國韋氏辭典編輯家 Noah Webster 自己小時候就是在一個刻意安排的語言環境下，習得四種具備母語能力的語言：父親只跟他講英語，母親只跟他講法語，祖父只跟他講德語，家裡的傭人只跟他講北歐語。

在台灣也不乏類似的例子。據報載，台中市有一位「哈麥一齒」翁小弟八歲就學說五種語言：跟祖母講閩南語，與母親講國語，和弟弟說英語，跟父親說德語，跟老師講日文。可見多語學習是可能並且應該鼓勵的。其實台灣多數人都具備雙語能力：大部分不是閩南語跟國語，要不然就是客家話跟國語。

最後，我想引用以前我的學生蔡友華所講的一段話，作爲這個問題的結論：

> 「從小爸媽即重視英文教育。他們認為要做個走在時代尖端的人，便要會說一口流利的英文。他們堅持不送小孩們出國唸書，或是念美國學校，因為爸媽在過去那樣艱苦的日子裡也能學習一口好英文。但是他們唯一強調學習英文的重點是：

『愈早接觸英文愈好！』我和一般的小孩不同！他們的玩具是芭比娃娃、紙玩具和遙控飛機，而我的則是拼字遊戲、大富翁（英文版）和 Puzzles；別的小孩看的是中文版（中文發音）的卡通，而我的卡通則是英文發音而且沒有中文字幕。小時後，常常覺得很奇怪？為什麼 Snoopy 說的話我都不懂，但漸漸地，我便習慣了。媽媽刻意讓我聽說道地的英文而不靠中文字幕，是為了讓我從英文語法的角度去說英文，而不是單單只靠中文的思考模式。我想，媽媽的苦心真的實現了！

從國中開始接觸英語的環境，我和同學的學習便有很大的出入。當他們只是一味的背英文單字時，我則是聽英文歌曲，或是看英文書、電影來接觸英文。我用一顆愉悅的心學習，所以效果更勝別人一倍。我的發音比一般的同學還標準，因為我從小就是和 Snoopy 一起說英文、唱歌，當然發音比較像道地的美國人啦！總之從小學習、接觸英文並且越早越好是習得一口好英文的不二法門！這就是我本身的經驗。」

## 二、英語比中文還難嗎？

由於小孩子在青春期前的語言學習是一種不由自主的（unconscious）學習情況（所謂「不由自主」是指小孩子在此期間的語言學習是天生自然運作的、不自覺的，自己並不知道自己在學習語言，尤其年紀愈小自覺度愈低），因此在語言學習上並無語言難易度之差別，每種語言對他們來講都一樣。然而只要過了青春期，進入有意識的（conscious）學習期間，不同語言之間的難易度差別就會顯現出來。

通常，跟自己母語比較相近的語言，學習者會覺得比較容易，反之則覺得比較難。也就是，學習與自己語言同屬相同語系的其他語言，通常比較容易。例如，英語、德語、荷蘭語同屬印歐語系裡的西日耳曼語系，此三語的母語使用者要學習互相的語言，效果就會比其他語系的母語使用者好得多，而且是，語言血親關係愈接近的，愈容易。

好比，閩南語的母語使用者要學習客家話，效果及速度都會比一位美國人或日本人好得多，因為閩南語跟客家話同屬漢藏語系，和英語所屬的印歐語系及日語所屬的阿爾泰語系的關係有段距離。同理，一般人可能覺得韓國話怎麼聽起來滿像日本話的，這也是因為韓語及日語都同屬阿爾泰語系。所以，你如果覺得蒙古話怎麼聽起來也滿像日本話的，就不用太訝異，因為蒙古語也是阿爾泰語系的一員。

## 三、要學習英語或美語？有所謂的「標準英語」或「標準美語」嗎？

目前國內的英語教學英語取向，一般還是以美式英語為主流，英式英語次之。但兩者除了語音差異比較大之外，其他語彙、文法差異並不是很明顯。澳洲英語的發音，比起美式英語來，也會有很顯著的不同，當然這也是因為澳洲英語是英國英語的一支。一般所謂的標準語是指，用在媒體上、教學上、字典上、及文學上所用的語言形式，比較不是口語的用法。以標準音而言，英式英語有所謂的 RP（received pronunciation）標準音，在英國被認爲是 better educated parts of society 的口音，因此被使用來教導外國人學英文，也一度爲 BBC 所使用的廣播口音。但現在反而比較注重各地口音的特殊性，RP 的標準口音觀念也已慢慢改變。

以美語而言，受過教育的人所使用的英語，在美國被認爲是標準語、標準音，並無明顯的小範圍代表性地區或城市。此點特質，我們可從美國 CNN 新聞主播口音的多樣性看出來。因此，在學習上，美式英語或英式英語都可行，並不必要執著於非某個英語不學。

## 四、老師應該教學生什麼樣子的英語？

從很多嫁到台灣的外籍新娘她們的語言表現，就可以感受到台灣學生的英語學習一定出了問題。雖然，不可諱言的，現在台灣學生的英語程度比起二、三十年前，已經有極大的進步。可是以平均學了十年英語的大學畢業生的英語表現而言，著實還有相當大進步的空間。

反觀絕大多數在台灣的外籍新娘，可以在短短幾年間就把中文朗朗上口，顯然我們學生英語學習的目標有待再商定。到底我們要我們的學生學英語的目的是什麼？爲了考試？爲了進好學校？或爲了要將來能夠使用？其實答案大家心知肚明，主要都是爲了考試、爲了進好學校。此種以考試爲目標的教學和學習一日不改，進步一樣緩慢。

所以，根本上，學校要教活的英語，不是紙版考試會考的英語，而社會要提供使用英語的空間，使學生得以即學即用。何謂活的英語？也就是與實際生活有關的英語，否則這種英語即毫無生命可言。簡而言之，如果學校教的英語，學生平常生活根本用不到，也無關，那就失去了語言本身存在的基本功能及意義：communication（溝通）。

誠然，學校方面一定也有一肚子苦水。很多英文老師其實都知道要教學生活的英語，可是來自家長、社會的壓力常常逼得他們放棄自己的理念，屈服於大環境的要求。目前，也許只有小學還保有一塊英語教學的樂土，讓有理想的英文老師們得以教授活的英語。

## 五、如何有效的讓小學生習得基本的英語單字？

讓小學生透過「使用」的方式，而不是考試的方式，來學習單字是最有效的方法。這個方式可以透過老師或家長，以日常用語的方式提及，來讓小孩子自然而然的學到某個語意的表達，而非記憶性的學習。例如，師生早上在學校相遇，即自然地互稱 Good morning，放學時互道 Good-bye，久而久之，便習慣成自然。

平常上英文課時，儘量讓自己及學生使用英文名稱、或簡易表達。即使非考試不行，也可以採取遊戲的方式來進行（例如，單字接龍比賽、演戲猜單字比賽、單字猜謎比賽、童話戲劇比賽、等等)。讓學生在遊戲的進行中，不知不覺得完成了老師的評量，也不自覺的習得了單字及其用法。

## 六、什麼樣子的英語教材最適合？

這個問題大概是很多英文老師很頭痛的問題。以小學而言，一般判斷的標準爲，年齡愈小，教材的圖形與文字比例跟著愈大。也就是說，小一課本圖形與文字的比例約爲8：2或7：3。年齡愈大，教材的圖形與文字比例跟著愈小。但這只是指形式而言，現今兒童美語教材內容五花八門，個個吹噓自己如何的優良與有效，眞讓學校或老師們不知從何選起。

其實，選擇適合的英語教材並不難：只要能讓小朋友喜歡的教材就是最好的教材。但是怎麼知道小朋友會不會喜歡呢？這就需要一些時候的測試與使用，慢慢歸納出幾套學生喜愛的教材來輪流採用。但令人惋惜的是，這個方式也許只適合小學或一些老師可以自由選擇教材的大學，國、高中由於受到升學壓力的影響，英文老師們是無法自由選擇教材的，一切考量以升學率爲最優先。

## 七、英語發音如何才能正確？

問題不難，但令人訝異的是，不懂的學生還眞不少。難怪有些學生會把 Thank you 裡的齒間音 /θ/ 發成齒齦位置 /s/

或硬顎位置 /ʃ/ 的音。一般而言，英語發音要能正確，只要遵照每個語音所要求的發音位置及發音方式，多練習，並且實際與外籍老師練習、矯正，來確定自己發音的正確性，即可掌握正確英語發音。例如上述齒間音 /θ/，發音時要把舌尖置於上下牙齒之間，/θ/ 音即能正確發出。

可是對於小學生而言，也許這樣的要求並不容易達成，因爲即使在以英語爲母語的學習情況下，語音的學習本就存在著階段性，非一蹴可就。因而盡量讓小孩子多聽、多講，透過模仿→矯正的方式，累積一段時間，小孩子自可不自覺地掌握正確的發音。

## 八、什麼叫做母語能力？如何判斷我講的語言具不具備母語能力？

通常，一個人能夠擁有某個語言不自覺的「語感」能力（native language competence），我們就可說此人具備此語言的母語能力。但是如何得知自己講的語言具不具備母語能力？這點可以透過判斷句子的文法性或模擬兩可性得知。例如，讀者可以判斷以下中文句子的文法性：

1. 我不足以他為榜樣。
2. 這一個是關於英雄的故事。
3. 我搖腦晃頭。
4. 不要在偏心他了。
5. 我都喜歡這些菜。

如果您不但可正確判斷出 1-5 句都不符合中文文法，甚至還可以把 1-5 句改正為：

6. 我不能以他為榜樣。
7. 這是一個關於英雄的故事。
8. 我搖頭晃腦。
9. 不要再偏心他了。
10. 我們都喜歡這些菜。

您就應該具備中文的母語能力。如果您還能正確判斷出以下 11-14 句的語意都是模擬兩可，您中文的母語能力就更確定了。

11. 氣死人。
12. 喝口水。
13. 老闆過去被電到。
14. 我大姐還找不到人。

那您所學的英語是否具備母語能力呢？您也可以試著用您的語感去判斷以下英文句子的文法性：

15. Up the street the black cat walked.
16. Who was the car driven by?
17. She stared at my face.
18. It is time you leave.
19. I would rather you open the door.

如果您不但可正確判斷出 17-19 句都不符合英文文法，甚至還可以把它們改正為：

20. She stared me in the face.
21. It is time you left.
22. I would rather you opened the door.

您就有可能具備英文的母語能力。

## 九、學英語的台灣小學生能具有母語能力嗎？

如果以每週僅一至二小時的英語課而言，即使從小一開始學英文，也無法具備母語能力。雖然青春期前五年時間以上的語言學習，可能讓我們獲得母語能力，但前提是，吸收（input）的量要夠。至於 input 的量要多少才夠，甚至如何才叫做夠，目前尚無學理上確切認知的結果。

但是，有個案顯示，小六才去上了一年的美國學校，也無法獲得英語母語能力。所以，在台灣的父母親們，如果希望自己的小孩子習得英語母語能力，就得從小讓她／他浸濡在中英雙語的語言學習環境，即能有成效。但是不能只為了學好英語而放棄自己的中文母語。例如，即使把小孩子送去美國學校念書，也要另外找時間教導小孩子中文，或父母親自己必須堅持只用中文跟小孩子溝通。

## 十、語言學習有年齡限制嗎？

嚴格來講，語言學習並無年齡限制，有的只是容易或困難的問題。原則上，年齡愈大，語言學習愈困難；年齡愈小，語言學習則愈容易。語言學家發現，青春期之前是最容易習得語言的一段時期，語言學上稱爲「關鍵時期」。這段時期所習得之語言通常具備母語能力，口音上也會比較道地。早年都是國一才開始學英文，對多數人來說，那時已是青春期之後，語言學習進入自覺階段，意思是指，此青春期之後時期的語言學習者，自己知道在學習。而青春期之前小孩子的母語或第二語言的學習者，絕大多數自己並不知道在學習語言。通常是，等到知道時，語言已學習完畢。

但是，雖說青春期之後時期的語言學習比較困難，也並不是指，如此一來，語言就會學不好。事實上，青春期之後時期的語言學習還是可以很成功。此兩階段學習最大的差異在於：一、青春期前能習得母語能力及口音，青春期後通常不能；二、青春期前學習時間短，青春期後學習時間長；青春期前爲不自覺學習（＝容易），青春期後爲自覺學習（＝不容易）。

## 十一、女生的語言學習興趣和能力比男生強嗎？

語言學理論上有此一說。女生的語言學習興趣和能力比男生強，大致上的原因有三個：

第一、家庭及社會壓力。這一點，身為女性讀者應該會比較認同。很多女生都知道，同樣在家裡或出門在外，女生講個髒話或任何不適當語言的後果，要遠比男生來得嚴重，因為很多女生自幼即被教導講話要像個女生。所謂「像個女生」是何意？無非要女孩子講話輕聲、秀氣、有教養。可以說，女生自幼的語言表現是呈現被壓抑狀態。

第二、身為人母後，教導小孩子的需要。通常，女生有了小孩之後，天生的母性即悄然出現，這其中包括了在語言上的自我要求。大多數的母親天生就會注重小孩子言語的教導。這種母性特質，常常可以在父母親吵假時發現：母親常會要求父親不要在小孩子面前國罵、講髒話。

第三、女生天生非屬於需要使用勞力型的自然演變。造物主似乎是公平的，因為我們可以發現，當男生擁有「力型」的生物特徵時，女生天生的語言學習能力，似乎就成為其生物特徵。這一點，我們可以在大學文學院裡的中文或外文系的男女生比例，看出端倪來。過去高雄的文藻女子外語專科學校，不都是女生的天下？

## 十二、老外教學有必要嗎？<br>外籍師資良莠不齊，該如何選擇？

以英語教學而言，學校有外籍師資是最理想的，尤其是來自英、美兩國更佳，並且擁有語言教學類的碩士資格。但這並非在貶抑本國籍師資，而是純粹從語言教學的觀點來看。語言教學不是僅僅教導學生語言結構的用法，語言教學還得教導學生實際生活語言的用法。

以英語來說，有很多英語潛規則或日常生活英語，是需要在其原來的環境下才能學習得到，課本的描述是有限的。例如，現在流行的英語影音教學，師生也常會碰到某些自己不懂的英語表達（雖有翻譯，但也許仍不懂得眞正的用法及其代表意義），此時如果學校能有理想的外籍師資，也許就能得到滿意的解釋。有些問題畢竟不是留學國外幾年就都能瞭解。更何況，現在很多國中、高中、小學的本國籍留學碩士師資，最多也只在留學國待個一至兩年，要說就能通曉所有實用英語知識，是不太可能的事情。

但是，外籍師資的選擇也很重要，不能只要是外國人就可以。國內已發生多起外國人持僞造碩士學歷在國高中，甚至大學教學的事，不可不防。這一點需要校方聘用前作清楚的學歷調查，及在契約的訂定上多加防備，以避免看走眼的事情發生。

## 十三、對小孩子而言，英語跟電腦那項要先學？

之前幾個問題中已提過，語言的學習有所謂的「關鍵時期」。但是，目前所知，電腦的學習並沒有這種類似的「關鍵時期」存在。也因此，我們常可看到諸多老人家電腦學習成功的例子。所以，父母親爲自己的小孩子在選擇時，當然一定是選擇英語，電腦稍後再學，或只學習基本操作，能夠使用幫助英語學習的軟體即可。尤其如果小孩子太小，太多電腦的學習、使用對眼睛的發育也是有害，不可不慎。

## 十四、請外籍女傭來教小孩子英語好嗎？

記得好幾年前外籍女傭剛引進台灣時，有些雇主一魚多吃，請外籍女傭，特別是來自英語爲官方語言的菲律賓，同時來教導自己小孩子英文，並自認省了一筆昂貴的外籍家教費用。卻不知，菲律賓英語乃融合英語和菲律賓當地方言的一種混合體，雖有其特色，語音方面和英美主流英語之差異頗大。一旦小孩子自小習慣這樣子的英文，將來可能不容易改正。何況外籍女傭並非專業語言教師，不可當爲師資用。但是，倒可作爲小孩子練習英語的對象，而非學習的指導者。

## 十五、學英語時，英語的「四字經」要避免嗎？

如同中文的三字經一般，所謂的四字經，指的是，英語裡那些不雅的髒話。由於多數這些話語恰巧都是四個字母的字，例如，damn, shit, fart, crap, piss，等等，所以有如此稱呼。正確的語言學習態度要求的是，廣泛、普遍、不受制於個人好惡的學習。以此觀之，四字經也須學習。但老師要灌輸正確的使用觀念，學生也需有正確的學習觀念：四字經不是學來隨便罵人的。在語言學習的寬廣道路上，four-letter word 並不需禁止。

## 十六、為了要學好英語，該放棄中文的學習嗎？

記得幾年前，報載有個老師爲了讓自己女兒學好英文，從小就把她送去全美語幼兒學校，連放學回到家來也使用英文與其交談，苦心營造全英語學習環境。後來，竟發生女兒拒學中文之事，才感到事態嚴重，因而把事情公諸於世，希望不要有人步其後塵。

同樣在大學也會發現類似的狀況，學生以爲只要把英文學好即可，「大一國文」課可以不用太認眞，有的甚至全面放棄中文的繼續學習，一切以英文爲依歸，不是英文不念。像此類走火入魔的英語學習情況，在台灣隨時都可聽聞。顯然，多語學習的概念仍有待推廣。

幼兒階段的語言學習可以是多語的學習，並不需要以放棄某個語言來換取另外某個語言的學習。放棄中文尤其更不應該。常常有學者提出不要讓小孩子太早學習語言的論調，那應該是針對父母親使用非自然、強迫的方式想來「教導」自己的小孩學習語言的建議，不是否定多語的學習。

任何幼兒只要是成長在一個自然的多語環境，不需要強迫或「教導」，小孩子自然而然即可習得多語。就跟會走路一樣，小孩子會講話也是一種天生自然的現象。現今爲多數語言學家同意的「天賦論」就是主張，人類擁有與生俱來的語言學習能力，只要身處語言環境中，此天生的語言學習能力即會自然啓動。

儘管小孩子在所處的語言環境裡，常會吸收一些不正確的語言用法和結構（我們的語言環境其實並不完整，能提供的學習條件並不夠），可是世界各地所有的小孩子，都能夠很快速地習得正確母語的現象，說明了這種語言學習能力是天賦的、與生俱來的。

所以，能夠講不同語言的家長（例如，父親會講客家話，母親會講閩南語，或相反），只要記得各自使用自己的母語與幼兒自然溝通即可，這就等於父母親提供了一個自然多語的學習環境。小孩子在此環境成長，其天生的語言學習能力會自然啓動、習得任何圍繞周遭的語言。

另外，以大學生而言，雖已脫離語言自然習得階段，自己的中文母語沒有學好，英語反而會學得好，也是很奇怪的事，因爲人類的語言存在著基本共通的結構原則。把自己的母語學好，絕對會有助於其他語言的學習。

## 十七、國內缺乏英語環境，學生學英語有效嗎？

語言學習環境固然重要，但是語言學習成敗最主要的關鍵還是個人的意志力及決心（determination）。這點邏輯很清楚，如果語言學習環境是語言學習成功第一要素，那在台灣就沒有人可以把英語學得好，因爲我們並沒有英語環境。但，顯然，這與事實不符。在台灣，英語學得好的人也很多。所以，英語一直學不好的人不要再把責任推卸給環境因素，應該捫心自問，自己是不是眞的下了決心想把英語學好。

當一個人的學習有明確清楚的動機、目標時，自會產生決心來實行，以便達到設定的目標。所以，學英語有無成效，首先端看自己有無學習動機；有了目標之後，決心自然產生，接著你的意志力就會出現，助你學習成功。

## 十八、老師應該在英語課上扮演什麼樣的角色？

根據課程性質，上課的方式分爲好幾種：講授、實驗、實習、實作、活動、等等。無論何種方式，老師在課堂上，都應該扮演任何能夠激發學生產生學習興趣的角色，如此即是最佳的主角。以英語語言能力課程之聽、說、讀、寫的學習性質而言，老師應盡量避免唱獨角戲，勿使用長時間的講授方式，而應該轉而讓學生當主角，透過由他們自己來使用英文的方式學習，才是最好的方式。老師僅需要扮演穿針引線的角色，從旁輔導鼓勵即可。如此方可實踐「語言學習要實作，不要空聽」的眞道理。

## 十九、小學英語教學的重點應該放在那裡？

以英語語言能力培養的順序來說，小學一、二年級應該把重點放在聽音、認音、發音的訓練上面，也就是此階段要多聽多講。但是，授課老師須注意，小孩子在語音結構上面的學習，是有階段性的。我們小時候並不是一開始就學到正確的標準語音。

以英語而言，順序上，小孩子會先習得所有語言都共有的語音，然後再習得屬於自己語言的語音。2 歲之後，小孩子逐漸能夠辨識音素，此時期小孩子聽懂的部分，仍然比能表達出來得多。

所以，老師得注意，有時候小朋友無法正確表達或甚至無法表達的時候，並不一定代表他不懂。也就是因爲這樣，有時候小孩子即使聽得出兩個單字的不同（例如，thing〔θɪŋ〕和 sing〔sɪŋ〕的不同），但自己卻無法發出不同的音來，也因此常常造成發音上的錯誤。

但是爲了容易發音，小孩子常會使用取代的方式來克服問題。例如，在台灣很容易發現的，用比較容易發音的無聲齒齦摩擦音 /s/ 代替比較難的無聲齒間音 /θ/。

等一、二年級的語音訓練有基礎了，三、四年級時則加入閱讀的部分。閱讀教材的選取在第六個問題已有討論，就不再重複。五、六年級的階段，老師可以在學生的課程學習目標，開始加入需要和國一英語作連接準備的內容。

總而言之，目前小學的英語教學仍屬一塊老師可以自由發揮教學理論的園地。除了上述語言結構本身學習方面的規劃建議之外，在非語言本身方面，也要多注意如何培養學生學習英語的興趣和成就感，才是比較完美的作法。

## 二十、電腦英語教學有必要嗎？

英語的學習成功與否，並不全然與是否有電腦英語輔助教學成正比，否則在過去無電腦輔助學習的年代，不就沒人能學習成功？但是不可諱言的，在學習上，如能大量應用電腦英語教學軟體從旁輔助，的確可收事半功倍之效。尤其，目前網路免費學習網站比比皆是。如真有心學習英文，不論聽說或讀寫，網路上皆可找到適宜網站，對於自學或老師的教學都有相當大的助益。

從語言學習的角度來看，即使不是學習網站，無窮盡的英語網站資源，就已經提供良好的學習園地，而且都是實用英文的免費教材。學習者只要在自己的電腦上，再搭配個 Dr. eye 隨點隨譯的辭典軟體，就能悠遊士、農、工、商各類英語網站，做實用英文的廣泛閱讀訓練。只要持之以恆，英語能力不提升也難。

## 二十一、學英語一定要背誦嗎？

有些新時代學者並不太贊同背誦的方式學英文。然而，學英文是否需要背誦，端視你的目標是什麼。有兩個基本原則可以參考：

1. 應付諸如考試、演講、作報告的短期目標。當為了在有限時間內完成某種目標時，背誦是一個可採取，而且有效的方式。
2. 如屬提升英文能力的長期目標，則避免採取背誦方式。想要紮實有效的建立英文實力，最好還是遵循語言的自然法則來學習：透過日常英文訓練、上課或生活實用的方式學習英語。這種方式不但能使得學到的內容永久記得，也能真正了解其用法。

簡而言之，背誦並不適合長期的語言學習，因爲這僅是一種短期記憶；但是背誦適合完成短期目標。

## 二十二、任何人都學得好英語嗎？

理論上，只要正常，任何人都學得好英語。差異也許就在是否能習得此語言的母語能力。誠如第十點所述，年齡愈大，語言學習愈困難；年齡愈小，語言學習則愈容易。有一個方式可以用來判斷一個人可能的基本語言學習成功性：如果一個人可以無礙的使用自己的母語，侃侃而談，那此人就具備運作良好的語言系統，並具備成功學習另一語言的基本條件。

反之，一個人如果連自己的母語的使用都結結巴巴的，表達有困難，語意不清或顛三倒四的，那此人的整個語言系統運作顯然有問題，想要成功學習另一語言的可能性，也一定有問題。此論點與外文系學生學習英、日、德、法或其他外語文法的情況一樣：英文文法學不好，其他外語文法一定一樣也學不好。這一點結論是可以肯定的。

## 二十三、小孩子多小就可以開始學英語？

在研究上，一般指兩歲以後可以開始學英語。但這種觀念是基於把英語視爲外語，而非母語的學習方式。如第十六點所提，任何幼兒只要是成長在一個自然的多語環境，不需要強迫或「教導」，小孩子自然而然即可習得多語，不受年齡限制。現在愈來愈多的證據顯示，我們自古所謂的胎教是存在的。

換句話說，小孩子從母親懷胎起，即可讓其自然的接觸語言。根據實驗顯示，嬰兒出生後會對其出生前所常接觸的語音產生反應。所以懷孕時，如果把自己浸濡在中、英文的聲響語境中，也許能醞釀出一個人自幼以來，自然地對這兩種語言的興趣或偏好。

## 二十四、小孩子（or 學生）無法發出正確的英語發音，怎麼辦？是否需要一直糾正其口腔發音位置？但此舉是否影響其自信心？

小孩子在學習發音的過程有其階段性。以英語來說，在發音的方式上，小孩子先學到的是鼻音 /m、n、ŋ/、然後是滑音 /w、j/、阻塞音 /p、b、k、g、t、d/、邊音及捲舌音 /l、r/、摩擦音 /f、v、θ、ð、h、s、z、ʃ、ʒ/、最後是塞擦音 /tʃ、dʒ/。

在發音的位置上，小孩子先學到的是唇音 /p、b、m、w/、軟顎音 /k、g、ŋ/、齒齦音 /t、d、n、s、z、l、r/、最後是硬顎音 /ʃ、ʒ、tʃ、dʒ、j/。加上每個人最先會使用的母音是低後母音 /a/，因此，小孩子一開始能夠發出來的母音及子音的組合是〔ma〕及〔ba〕或〔pa〕。無怪乎有很多國家的稱呼媽媽和爸爸的語音都是〔mama〕及〔baba〕或〔papa〕。這可不是中文獨有的發音。

所以，小孩子無法發出正確的音是正常的現象，不需要糾正，因爲通常沒有很好的效果。只要能持續學習，自然能掌握所有正確的發音，因爲這是一自然過程，有其階段性。如果是成人或過了青春期的學生，則需要一直糾正及練習到掌握正確的發音技巧爲止。但是，爲了避免學生自信心及興趣的喪失，糾正的技巧須夠圓融及帶鼓勵性，不能使用貶抑的口氣方式。

## 二十五、一定要教導小孩子（or 學生）講一口「正確的」英語嗎？

一口純正道地腔調的英語口音習得，通常需要在青春期之前自然學習完成。至於發音的正確與否，則需要常常使用此語言，然後透過階段性的語音習得自然學習獲得。所以，青春期前的小孩子學習英語，最好有英、美外籍母語人士的教學，小孩子才有機會習得母語腔調。不建議由父母親親自教導自己小孩子的英文，這樣子才不會學到一口非母語人士的發音，除非父母親本身自幼於國外英語環境中成長，擁有一口道地的腔調。

非自幼學習英語的學生通常已不易習得自然口音。與其爲了想把英語講得跟外國人一樣，而發出怪腔怪調的英文，倒不如好好地學習發音位置及發音方式，並透過影音教材的觀賞、訓練及多練習之下，也能脫口講出好英文來。

## 二十六、為了學好英文，課外補習有無必要？

在台灣並無自然英語環境，爲了多多接觸英語，課外英語補習有其必要性，但是要愼選補習班及師資。如果經濟上不允許作此投資，學生也可以考慮透過網路結識外國網友的方式，來達成學習目標。國內要結識外國朋友並不容易，也常常出問題。因此，不建議爲了學英文，而做任何犧牲。

學生組織英語社團來增加練習機會也是方法之一。另外，近年來，各大學都會招收一些外籍生。在自己的校園找機會結識外籍生，也是很不錯的作法。如果自己的學校有推動國外交換學生計畫，或任何有助於英語學習的方案，那會是一個更推薦、值得去追求的英語學習方式。

## 二十七、如果你的子女／學生沒興趣學英語，怎麼辦？

除非是天生沒興趣，否則每個人都可以有興趣來學英語。這個興趣可以透過培養、鼓勵、建立成就感來產生。建立學習動機尤其重要。這一方面家長及老師的角色很重要。有些學生失去學習英語的信心，主要來自師長的冷嘲熱諷。所以，爲了逞一時不經意的口舌之快，常常就無意中毀了一個人的學習信心與興趣。爲人師者，不可不愼。

所以，爲人父母如果發現自己子女，突然出現對英文的厭惡，就得好好與之交談，找出突然失去興趣的原因，並予以安撫、鼓勵，盡力使其恢復信心，重拾學習英語的熱忱。而不是一味指責，造成惡性循環，終至自暴自棄，弄得一發不可收拾。畢竟，再優秀的孩子還是需要師長、父母的鼓勵。

## 二十八、如果你的學生，由於另外在外面補習英語，認為你某方面的發音與他／她在外面所學有所不同，要如何處理？

由於各補習班所聘請的外籍師資國籍多有不同，而各地英語發音又有其地理特殊性，尤其母音的發音差異大，因此，一個學澳洲英語的小孩子，也許就會以爲講美式英語的老師發音怪怪。而最不願意見到的情況是，學生會以爲他的外籍老師發音才是正確的。

這種情況其實不是只有國中、小學會碰到，高中、大學也會有，因爲語言學畢竟還不是很普遍的知識。老實說，很多英文老師自己也有語言學知識這方面的問題。而這大概也是爲什麼教育部會把「語言學概論」課程，列爲培育英語師資必修課程裡的核心科目的原因吧。

語言學不認爲世界各地不同的英語發音，有好壞或對錯之分，而是把此現象視爲各地的特色。不管是英式英語也好，美式英語也好，或澳洲式英語也好，都是各個國家的英語特色。即使日式英語多爲人所詬病，語言學也從不認爲日式英語是錯誤英語或差勁的英語；反而，語言學認爲日式發音的英語說明了其特殊的日文結構。這點，台式英語、港式英語、新加坡英語也不遑多讓。所以，在語言學看來，操著一口台式英語的我們，是台灣這個地方的特色，不用也不需覺得丟臉。新加坡地方的人有因爲操著一口新式英語而覺得羞愧的嗎？

因此，當老師在課堂上碰到這樣的問題時，可以解釋一下這種現象，以消除學生心中的疑慮，並可機會教育學生對語言應有的正確態度。

## 二十九、跟外國人的小孩子學英語是好主意嗎？

自己的小孩子跟外國人的小孩子混在一起遊玩，講英語，是一個自然的語言學習方式。如果有這種機會是可以好好把握。但是，前面提過，英語語音的習得是階段性的，不是一時之間全部學會，所以外國人小孩子的英語發音不見得都正確。有些比較困難發出的音，小孩子爲了使其容易發音，常常會使用取代的方式來克服問題。例如，用比較容易發音的滑音 /w/ 來代替比較難的唇齒音 /f/，因而 finger〔ˋfɪŋgə〕這個字就會念成〔ˋwɪŋgə〕。如果不察，還以爲 finger 的正確發音是〔ˋwɪŋgə〕。

其實這個現象不是外國人才有，我們很多以閩南語爲第一語言的人，在學習國語或英語時也會出現此種替代現象。由於閩南語沒有類似唇齒音 /f/ 的發音，當要學習國語唇齒音ㄈ的發音時，同樣爲了使其容易發音，常常會使用閩南語也存在的聲門摩擦音ㄏ來取代。例如，「發」念成「花」。而當要學習英語唇齒音 /v/ 的發音時，也常常用唇音 /b/ 加上ㄨ一音來取代。

總之，瞭解這個問題的用意，不是要來阻止自己的小孩子跟外國人的小孩子學英文，而是因此知道要放手讓小孩子自然發展，不要去干涉他們自然的語言交流。

## 三十、把小孩子送去國外學英語的主意可不可行？當小留學生好還是留在台灣全美語學校好？

以語言學習的觀點而言，如果小孩子本身也有意願，而能夠送去英美等國學習英語是再好不過。但是，如果會因此危及家庭或夫妻、親子間的感情，則大可不必，不如留在台灣全美語學校，也許還好得多。

美國的台灣小留學生數量不少，但不是每個都能按照計畫，學習成功。混得灰頭土臉的也大有人在。只是平常大家都只注意到光鮮亮麗的成功留學生返國，在國外失敗或受盡屈辱回國的，多數不爲人所知。所以，父母親在幫小孩子作此規劃時，也應該觀察或咨詢小孩子的意見和意願。絕對不能自恃有經濟能力，以爲把小孩子丟到國外，英語能力自然就來。

幾年前，報載一位台灣留美博士生，在取得博士學位後隨即自殺，並留言告知父母已完成他們的心願。這還不夠只想把兒女丟到國外，也不管他／她們的意願如何的父母親們警惕嗎？

## 三十一、英語音標需要學習嗎？

現在小學階段或坊間兒童美語補習班，幾乎都會教學生學習英文 phonics 發音系統，有些甚至進一步教學生學習音標。所以，在國中階段並不是每個老師都會再教學生音標，也因此導致有部分學生至大學階段還不清楚音標的使用。

其實 phonics 發音系統並不是萬靈丹。據統計，phonics 只有百分之八十的正確性。也就是說，如果學生依照 phonics 的規律發音，還會有百分之二十的發音會出錯。語言學裡的發音學也提出英語爲何需要音標：英語的拼字並不完全與其實際發音一致。例如，同樣的發音可由不同的字母來表現，或同樣的字母代表的是不同的發音，等等的不一致現象。

也由於英語有這種拼字與發音不一致的現象存在，便設計了英語需要的音標。所以，如果學生在學校學習階段，也能夠順便把音標學起來，會是比較完美的作法。

## 三十二、寒暑假國外遊學、打工學英語有無必要？

如果經濟上許可，讓小孩子寒暑假去國外遊學，增長見聞，有助於語言學習，和強化其學習動機，值得去做。但是，由於並不是每個人負擔得起這筆遊學費用，近幾年來，大學生更流行暑假期間至國外打工兼學英語的暑假活動。

根據調查，暑期國外打工這一類型的滿意度遠比遊學方式要來得高。原因無它，英語系國家的暑假打工，不但不用一筆昂貴的經費，實際上因爲時間夠長，還可以學習到相當多課堂上或遊學方式學不到的東西，並且可以累積自己的工作經歷，有助於畢業後的就業。比較起來，遊學也許比較舒適，但是時間短、費用昂貴、學習有限也是不爭的事實。何況，遊學並不算是一種工作經歷。所以，聰明的學子現在都知道要選擇打工的方式，來達成國外學習英語的目的，可謂一舉兩得。

## 三十三、以通過英語檢定考試作為學生英語學習的目標好嗎？

如今，愈來愈多大學院校設立英語能力畢業門檻，要求學生畢業前得通過全民英檢中高級初試。以台灣的語言環境而言，可以理解這是不得不之舉，而且有做總比沒有好。

但是，嚴格上來說，以通過英語檢定考試爲學生學習的目標，並非正確的語言學習之道，因爲如此一來，平日的學習方向就會被扭曲，學生上補習班補習，或盡拿有關英語檢定考試方面的參考書，作爲主要學習對象。雖有學習目標，但目標的設立並不理想，還有相當大改進的空間。畢竟我們學英語的目的不是爲了要考試，而是要能在實際情況中，有能力使用此種語言。

當然，以全民英檢中高級初試所設立的目標來說，認爲只要能通過中高級初試，一個人的聽、讀英語能力就可以應付日常生活中一般的使用。問題是，僅僅透過一個大規模的英語檢定考試，是否就能確定一個人聽、讀的英語實用能力，則不無疑問。尤其，有些人的考試成績的確是補習的成果，而非實際英語能力的表現。

早年，美國很多大學就一直對托福考試成績所能反應外國學生的實際英語能力，表示質疑，因爲常常發現高托福成績與實際英語使用能力不成正比的現象。後來，美國 ETS 針對問題，更新了托福紙筆考試的方式，加入口語測驗等種種不同以往的電腦即時測驗方式，使得新制托福考試的難度提高，期望能因此測驗出比較符合實際英語能力的程度。

所以，爲了測知自己的學習成果，參加英語檢定考試，把成績當參考數據，作爲改進、再努力的指標，是比較正確的作法。如果反過來，把英語檢定考試當作英語學習的目標，就是本末倒置的作法。

## 三十四、在英語教學上，學生彼此有很大的程度落差，該如何克服？

學生程度參差不齊，是教學上常見的問題，也因此，才有所謂的能力分班。但能力分班不是各校都執行，如果自己的學校並不實施英語教學的能力分班，以老師而言，就遵守那一年級該教的程度範圍，而不要擅自提高或降低學習程度即可。

對於程度跟不上的學生，可以考慮施予補救教學。對於程度超越的學生，可以考慮請其擔任英語小老師，在班上幫助其他程度較差的同學。這雖不是完美的因材施教處理方式，但謹遵原課程的授課及學習目標是正確的作法。例如，大一英文課程有其教學目的及學生學習目標，授課老師不能因爲班上有學生程度欠佳或程度較高，就調整內容配合這些少數學生。出發點也許良善，但無意中卻犧牲了絕大多數程度適當學生的合理受教權。

## 三十五、教小朋友學英文時，是要用全美語教學或加入一些中文輔助教學會對他們較為適當？

由於現在小學的英語課正常一週是一至二堂課，時間極其有限。如能一開始從小一即用全美語教學是最理想的狀況。加入一些中文輔助教學，通常容易造成學生的依賴感，對於英語的部分，常會出現學生希望老師能告知其中文語意之期盼，從而降低了與生俱來的自我習得能力。

過去的實例也證明用全美語教學比較理想。何況，本篇之前的問題裡也已提過，小學前幾年仍舊屬於青春期前不自覺的語言學習階段。用全美語教學對於小一學生來說，僅是提供一個全然的英語環境。小孩子的天生語言學習能力會自然啓動，讓小孩子在不自覺中習得所接觸到的英語資訊。但是，在實施全美語教學的技巧上，也須注意：

1. 不是每個小一學生都已接觸過英語，老師應該一視同仁，設計出適合小一的教材。也就是，小一的教材設計應該以初次接觸英語的學生為對象，而非以已上過英語幼兒班的學生為對象，以避免有些學生才要開始接觸英語，卻發現已被老師放棄。這一點也許有城鄉差異存在。如果都會區的小學情況不同，發現班上的每個小一生都已有基礎，自然就另當別論。老師自可根據全班程度，設計出合適的教材。

2. 小一全美語教學的語言使用，應力求簡易，以讓學生都能朗朗上口為原則。
3. 盡量採取活動教學方式，寓教於樂，激發學生對英文的興趣，而非視英語課為畏途。
4. 評量方面盡量以遊戲活動的方式完成，讓學生沒有考試的感覺。
5. 班中如有少數程度較優學生，可以請她／他們擔任英語小老師，幫助程度較差同學。如此一來，程度好的學生獲得成就感，程度不好的學生也可以獲得補救，可謂兩全其美，而且都能增加這些學生對英語的興趣。

小一階段如果實施成功，學生已習慣全美語教學時，小二之後就會漸入佳境，終能成功的打下英語基礎。

## 三十六、如果小孩子同時學習英文及中文，是否會產生困擾？

很多人可能不曉得，台灣其實算是個多語的（multilingual）社會。絕大多數人都具備至少雙語的能力：不是國語（Mandarin）和閩南語、國語和客家話、要不然就是國語和原住民語。少數甚至擁有三語的能力：國語、閩南語和客家話，或者國語、原住民語、加上閩南語或客家話。

人類與生俱來的語言學習能力，並不限制多語的學習，只要語言環境存在，多語的習得對小孩子來講都是可能的，這個事實，可以從世界上有一半以上的人，都是多語使用者看出來。

一般而言，大人與小孩在第二語言或第三語言學習的不同在於，大人第二語以上的學習是自覺的（conscious）（也就是，大人自己知道，自己正在學習某種非自幼習得的語言），而小孩第二語以上的學習是不自覺的（unconscious）（也就是，小孩懵懵懂懂的，自己並不知道自己正在學習多語）。而不自覺的語言學習通常是比較容易的。

因此，同時學習英文及中文的小孩子，只要是自然非壓迫式的學習，是不會有困擾的，因爲他根本不知道自己在學習語言。

## 三十七、一個人最多能學會多少種語言，有無上限？

幾歲開始學英語最適合呢？上幼稚園的小孩學英文是否可以適應呢？

一個人最多能學會多少種語言？文獻雖無記載，但以前有個奧會主席，媒體聲稱精通七種語言。至於能否再多，目前似無這樣的資料，而且這還會涉及界定「學會」所產生的定義問題。那幾歲開始學英語最適合呢？前面提過，事實上，嬰兒從在娘胎裡，就可以開始接觸語言。只要是自然環境，每個小孩從出生起，事實上就已開始在接觸、習得語言，並且都可以適應同時間的多語學習。

小孩子是否適合上英語幼稚園，跟幼稚園本身的教學方式有很密切的關係。

如果幼稚園提供的是一個自然、親切的英語學習環境，沒接觸過英語的小孩子應該就能適應。反之，如果幼稚園提供的是一個標榜嚴格魔鬼訓練方式的英語學習環境，應該沒有幾個沒接觸過英語的小孩子能夠適應才對。所以，家長把小孩子送入幼稚園之前，應該要好好打聽，並做好調查的功課。才不會從一開始就把小孩子學英語的興趣給消磨殆盡。

## 三十八、如果小時候學過一種語言，中斷後再學有影響嗎？

這個情形跟一些自幼在台灣成長，學過閩南語，但是後來移民國外，就好久一段時間沒有再講過閩南語的例子很類似。其實這種中斷一陣子後想要再學習過去中斷的語言，得看當時所學的語言是學了多久，以及是什麼時候再恢復學習的。

如果之前學得夠久，又是在青春期前恢復學習的，那就仍然可以學得很快、很好。如果之前學得並不夠久，但是在青春期前恢復學習的，那就仍然可以學得很好，只是也許沒那麼快。如果之前學得夠久，母語能力基礎已經建立，但是在青春期之後才想恢復學習，恢復速度雖不是很快，仍然可以學得很好。

但如果之前學得並不夠久，而且是在青春期之後才想恢復學習，那就會跟一般青春期後學習語言一樣困難。可是，就跟一般青春期後第二語言的學習一樣，只要肯努力，仍可以學得很好。差別只在不能像青春期前的學習那般容易而已。

## 三十九、學英文使用電子辭典還是字典比較好？

電子辭典也好，傳統字典也好，都是工具書。在家裡建議使用傳統大字典，因爲方便性不輸電子辭典，而且說明、例句一目了然，不用猛按鍵換頁。作閱讀訓練時，也容易在查詢的單字上面作記錄。但是出外或到學校上課時，則適合使用電子辭典。

尤其，現今電子辭典的功能愈來愈多功能化，不但擁有大容量字庫，有的還具有 WiFi 無線上網、傳輸、下載功能。不像以前的合成發音，現在的電子辭典幾乎都是眞人發音，而且也擁有多國外語功能。現在出國旅遊，隨身攜帶一本電子辭典，方便性特佳。旅遊途中無聊時，還可以玩玩遊戲。

所以，學英文，辭典不能只有一本，工具書愈多愈好。很多專門領域的辭典其實都還是紙本，電子辭典現今只有非專門領域用的一般辭典。兩種辭典，各有千秋，應該都要擁有。那如何選擇一本好辭典呢？由於每個人需要的性質不同，很難有一本辭典是適合每個人的。建議選擇只要你覺得喜歡的那一本，就對了。

## 四十、記憶力好壞和語文能力（非母語）是否相關？年紀大的人，學習語言就愈困難？

成人學習語言的確比較困難，除了年紀增長，記憶力衰退之外，還有社會、文化、個人、等等，影響因素。記憶力好壞肯定會影響語言的學習，但也非絕對。前面提過，一個人的決心才是成敗的主要因素。不過不可否認的，記憶力不好，一定會學的比較辛苦。

因此，年紀大的人，學習語言當然不如年輕人的輕鬆，但並不表示學不好。年紀大的人，英語學習成功的例子比比皆是。相對而言，年紀大的人，由於理解力提高，如果學習非記憶性的科目，還會比年輕學生容易學得好。

## 四十一、現在九年一貫教學，國小學生必須一次學習三種語言（國、英、母語），這樣會不會使學童容易產生學習障礙或混淆呢？

前面問題已答覆過國小英語學習的問題，這裡不再贅述。但是，把母語的學習也放到小學來，是值得商榷的問題。國、英、母語，三種語言的學習會不會使學童產生學習障礙或混淆，端視是否讓兒童處於自然語言環境學習。如果是用強迫式、填鴨式的教學方法，就容易讓兒童學習出現障礙或混淆。母語的學習本來就是父母親傳承的責任，爲何要在學校教導，委實令人不解。

之前方言問題的討論，已明確指出，一個國家裡面，人民所講的話，存在著地方性差異。也就是說，不是每個人的母語都一樣。以台灣而言，一個人的母語可以是閩南語、客家話、漢語、各個族群的原住民語。即使同樣是閩南語或客家話，腔調也有所不同。老師應以那一腔調爲主？但又爲何要以那一腔調爲主？當然，如果學校位於鹿港，想當然爾會以鹿港當地使用的腔調爲主。可是如果學校位於腔調不明顯或閩、客、原住民混雜的地區，如何決定教誰的母語？學校是教導全國一致、標準語的地方，目的是要使得每個人學習此通用語，因此得以相互溝通。如果納入母語教學，恐有不少問題須克服，無形中又增加了小學老師的教學負擔。

有人聽過美國黑人在學校學習的是美國黑人自己的英語嗎？他們學的也是全國通用的一般標準英語，倒從沒聽過非洲裔美國人還要學自己的語言，他們並不需要，因爲他們自幼即從生長的環境裡學到，不必另外要學校開課教導。

何況，現在台灣所謂的國小母語教學，指的是誰的母語？是閩南語、客家話或原住民語？標準如何訂定？國小老師如何能承擔這些重責大任？小學生又如何承受同時三語的非自然方式學習？

所以，母語的學習還是要回歸到語言學習的基本面：讓小孩在自己的成長環境，自幼自然習得母語。會講閩南語、客家話、廣東話、原住民語、漢語、或任何自己的母語的父母親，在家裡要使用自己的母語陪伴小孩子成長，讓其自幼即身處自然的母語環境。每個小孩子擁有的天生語言學習系統，即會自然地啓動、讓小孩子不自覺得習得母語。這才是自然的、正確的解決之道，而非訴諸非自然的、人爲的方式。

## 四十二、父母是否應與小孩一同參與學習美語？是否可以因為這樣，使小孩提高學美語的興趣？

理論上有此一說，而且實際效果是肯定的、正面的。但「參與學習美語」的意思不是指，父母親也跟著小孩到補習班一起學英文。這裡指的是，父母親關心、陪同小孩學英文，不是把責任丟給學校或補習班了事。例如，小孩子放學回家，父母親在家陪同小孩做英文功課，或者，如果父母親本身英文底子不錯，也可以跟小孩子練習簡單英語會話，或一起閱讀英文童書，等等，都是可以提高小孩子學習英語興趣的方式。

但是，切記，父母親不能求好心切，急著想迅速提升小孩子的英語程度，因而施加壓力於小孩子身上，例如，強迫小孩子每天要背多少單字、片語、句子，等等的不當方式，而最終反過來造成小孩子對英語的畏懼與厭惡，得不償失。父母親要做的只是從旁輔助，但不予干涉，讓其自由、快樂地學習。只要持之以恆，最後一定開花結果。

## 四十三、兒童英語學習過程中，經常更換不同教材，是否影響學習能力及進度？是否須經常聽不同人（口音）的英文，方可增加聽力及對英文的適應能力？

老師如果每學期更換不同教材，並不會影響學習能力及進度，重點在於如何有效的教學。但是，除非老師一學期更換好幾次，的確就有可能讓學生無所適從。這樣的情形應該不多。正常的使用不同教材，可以使學生學得更廣泛，在教學上對學生有好處。

而讓學生經常聽不同人（口音）的英文，可提升聽力程度及對英文的適應能力，不僅是正確的作法，還應該鼓勵。之前提過，世界各地區英語發音的差異，是英語的特色之一。如果平常只聽美式英文，會習慣上對美國發音產生依賴感，也就是會根深柢固地以爲某個表達的發音就是如此。當聽到異音同義詞時，還以爲是另外不同的字。例如，聽到澳洲人說 today〔tə`daɪ〕，以美國發音來理解，還以爲這個澳洲人是在說 to die。

## 四十四、前幾年，大陸流行剪舌頭練發音，為了英語發音標準，這樣有用嗎？

由於成人第二語言的習得，通常不易達到母語能力的效果，尤其在發音方面特別顯著，才出現這種剪舌頭的方式來練習發音。有沒有需要剪舌頭，可以從美國的華裔身上得到答案。

我們可以發現，每一個自幼在美國自然英語環境成長的華裔美國人，無不操著一口標準、道地口音的美國英語，幾乎少有例外。這顯示能不能獲得一口標準、道地英語口音的原因，不在中國人舌頭長度的問題，而在自幼身處何種語言環境，自幼所學爲何種母語。只要英語是你自幼習得之語言，你自然擁有一口道地口音。其實，台灣即有不少自幼學習英語，能操道地英語口音的人，但沒聽過他們有人剪過舌頭。台灣已故知名的 ICRT DJ David Wang 的一口道地腔調英文，相信很多學生都知道。試問，他剪過舌頭嗎？

過了青春期後的英語學習，已然失去自然獲得道地口音的時機，但也不建議爲了學英語學到需要剪舌頭這種地步。只要發音標準，具備與人溝通能力，不具備口音又何妨。

## 四十五、去美國讀語言學校會不會比在台灣上英語補習班來的有效？

的確會比較有效。基本上，在美國讀語言學校會比在台灣補習班上課來的有效是因爲，在美國課堂的學習可以馬上在課堂外應用，這點就不是在台灣學英文可以比擬的。

但實際上的成效，仍得視學習者本身學習態度而定。學習態度如果夠積極，懂得好好利用美國的自然英語環境，這樣的學習效果肯定明顯。反之，如果是奉父母之命去美國讀語言學校的，學習態度消極，下課就躲回宿舍或是盡跟華人哈啦，這樣的學習是浪費金錢。美國的語言學校費用昂貴，其實本身如果夠積極，在台灣一樣可以學得好，不建議花一大筆錢做此投資。

## 四十六、為了生存，原住民小孩子是不是先學國語比較好？自己的母語可以慢點學或甚至不必學？

之前已提過，人類與生俱來的語言學習能力，並不限制多語的學習，只要語言環境存在，多語的習得對小孩子來講都是可能的，因爲小孩子的學習是不自覺的，而不自覺的語言學習通常比較容易。因此，原住民小孩子大可不必放棄自己的母語，只學國語；或者只想要先學國語，再慢點學母語。

有時候錯過了黃金學習時期，後來想再補學自己的母語時，已太遲，而使得學習變得很困難，最終還是選擇放棄。由於小孩子本身無法操控自己如何習得語言，是否要讓小孩子同時學習母語和國語，端視父母親是否有此觀念。因此，在這一點上面，原住民父母親扮演相當重要的角色。

## 四十七、口語英文可以不重視文法？

實證上，的確如此。以口語表達而言，口語是一種注重言簡意賅、結構簡潔的語言行爲，文法形式的確可以不必太在意，強調溝通實效。但這並不表示，可以完全不必顧慮英語文法結構。畢竟，一句完全不符合英語文法性的句子，例如，In or state a the zoo annoy do please.是沒有人聽得懂的。所以，一般要學習者練習口語時，要求表達時大膽表述，不要去思慮文法性是指：

1. 不要拘泥於小錯誤，例如，I want to this necklace. 雖然多用了不定詞 to，但卻不影響聽者的語意理解，所以還是可以大膽講出來。
2. 不要一定得使用完整的句子，例如，He here?即可，不是非得講 Is he here?才行。
3. 有時候甚至使用單字或片語即可，例如，Water?而不是正經八百的 Would you like some water?只要把握此三原則、同時也不怕犯錯，口語表達自然就不是什麼大問題。

## 四十八、英文的聽力該如何訓練？是否聽 ICRT 廣播，聽久了聽力就能增強？

如果稍為瞭解我們腦部語言區的結構及其運作情形，就會比較瞭解為什麼說，「聽力不好的人，通常閱讀能力也不會太好」。我們頭腦跟語言有關的神經結構都位於左腦，但並非都集中在左腦某單一區域。

事實上，左腦有以下三個主要語言處理區：布氏語言區（Broca's area）：專司語言組成的神經中樞；威氏語言區（Wernicke's area）：專司語言理解的神經中樞；腦回（Angular gyrus）：視覺訊息與聽覺訊息互相轉換的語言區，也就是閱讀區。一個人聽的理解過程約略如下：

訊息 → 耳 → 聽覺腦皮質 → 威氏語言區

也就是，訊息從我們的雙耳進入後，聽覺腦皮質再負責傳送至威氏語言區解讀，瞭解此聽覺訊息的內容。如果是閱讀，其理解過程約略如下：

訊息 → 眼 → 視覺區 → 腦回 → 威氏語言區

閱讀訊息從我們的雙眼進入後，視覺區再負責傳送至腦回（閱讀區），再由腦回傳遞至威氏語言區解讀，瞭解此視覺訊息的內容。從這兩個我們腦部處理聽覺訊息和視覺訊息的過程即可瞭解，不管是聽的訊息也好，讀的訊息也好，都需要負責理解的威氏語言區來處理。訊息過程進入腦部的方式雖不同，但都殊途同歸，簡而言之，都是理解的問題。

這也就是爲什麼，一個人閱讀的能力不好，聽力一定也不好的原因，因爲問題出在此人威氏語言區裡的解讀資訊儲存的量不夠多，以致當訊息被送進來作解讀時，可用來翻譯此訊息資料的庫存不足，導致無法處理，就形成了我們實際上讀不懂、聽不懂的情況。

因此，想要提升自己的聽力程度，不是猛聽 ICRT 廣播，以爲聽力就會進步。平常閱讀的基本功就得紮實：透過廣泛閱讀，包括上 ICRT 網站閱讀廣播的內容，熟悉新聞英文一些特別單字、片語結構。

最重要的是，在閱讀時還必須認音，熟悉所閱讀內容每個單字、片語、句子結構的發音（包括有些連音的發音方式），如此，聽力才會跟著進步。而且，不能只聽 ICRT 廣播，還必須泛聽各種不同主題內容，這樣聽力實力才夠，否則光聽 ICRT 廣播，只能幫助你在新聞英文方面進步，其他領域並非同時跟著進步。

## 四十九、說英文沒有外國人的腔調，就代表英語學得不夠好？

顯然這也是學英文的一個迷思。事實上，英語學得好不好，與說英文有沒有外國人的腔調是兩回事；反之亦然，說英文沒有外國人的腔調，不代表英文就不好。在台灣，非自幼即學習英文的，有多少人講英語有英、美道地口音，是數得出來的。之前提過，自然道地口音的習得，需要在青春期前，且有足夠的時間與外師學習英文之條件下，才有可能。

青春期後，要習得自然道地的腔調，除非學習以前 ICRT DJ David Wang 的苦練精神，否則很困難，而且其實也不需要。對於非自幼即學習英文的，發音只要字字、句句正確，能夠溝通無礙，即可。不建議花費了一大堆精神，到頭來還是講出連外國人都會起雞皮疙瘩，怪腔怪調的英文來的作法。

## 五十、做個走在時代尖端的人，便要會說一口流利的英文？

在這個什麼都要講全球化的時代，早已成爲世界通用語的英文，的確變得更加重要。也因此，學英語的風氣早就席捲台灣，英語能力似乎也成爲全球化的代名詞。時下也瀰漫著一股氛圍，好像不會說一口流利的英文，就不是走在時代尖端。這種要命的迷思已然正當化，逼得全國進入瘋英語的時代新階段。作爲一位語言學的工作者，我承認英語在這個時代很重要，而且從語言學習的角度來看，趁著年紀小，鼓勵學子多學一些語言也是正確的。

但是，我不同意一個人的英文好壞，決定一個人是否現代，也不同意一個人因爲英文不好，一輩子就沒出息的說法。一個人一輩子幸不幸福，絕對與其英語能力無關，但絕對與自己有關。一個人如果根本對英語毫無興趣，就應該大膽地對它說不，另外追求自己有興趣的事物。每個人自己都有某方面先天的潛力與優勢，這些才是自己要去花時間發掘的部分。學英文的事，順其自然即可。不必受其困擾。

## 五十一、聽英文歌曲對英語聽力有幫助嗎？

透過對聽英文歌曲的喜好，來產生學習英語的興趣，是過去不少人英語學習成功的方式，值得推薦。由於英文歌曲裡面的語音結構、詞彙豐富，喜歡哼哼唱唱的人，除了可以練聽各式各樣的口音之外，自己的聽覺系統也會在長久的接觸之下，習慣英語的語音結構，對聽力的提升絕對有幫助。當聽力提升的同時，自己在哼哼唱唱時的英語發音，也會自然配合，發出比較道地的語音來。

不過，如果沒有英語語音結構基礎，只是一味模仿，有些發音就不會正確，此時應該參考英語子母音發音位置及方式表，以求正確。也就是，可以沒有道地腔調，但發音一定要正確。逐漸地，當自己的英語聽、說愈來愈順暢時，良性循環也會開始出現。此時對英語的興趣已愈來愈高，當此徵候出現時，英語學習成功之日已不遠矣。

## 五十二、台灣的英語教育算成功嗎？小學教英文是正確的決定嗎？

幾年來英語學習熱潮席捲全台，幾已達到連嬰兒也瘋狂的地步。然而，語言學了無處可用，或不用，這樣的語言是死的。另外，錯誤的語言學習觀念也往往促成語言學習的事倍功半。

語言乃工具，需要拿來使用，而非僅止於學習。坊間處處可見的英語教材莫不標榜如何來有效的學習英語，教師們莫不暢談如何有效的英語教學，然而學而不用，或無處可用，或更糟的只是爲了考試而學或教，都是爲何幾十年來台灣的英語教學不能算是很成功的主因。

當今主事者欲將英語學習的年齡往下延伸，從語言學的觀點來看，不失爲一項正確的作法。之前已提及，人類的確在青春期前學習語言比較容易。不僅如此，更重要的是，在此階段習得的語言通常具備母語的能力，一般來說，這已是不爭的事實。

就在幾年前美國紐約的史隆·凱特林癌症紀念醫院的一項研究結果發現，人類掌管母語與成年後所學語言的腦部迴路不同，不過如果孩童時期同時學習兩種語言，腦部所使用的迴路相同。這似乎可拿來驗證此觀點。過去我們從國中才開始學習英語，縱使有人可以把英語也學得相當好，但是此時期才開始學習的語言，一般而言，所學到的英語並不具備母語能力。

換句話說，由於已經過了母語學習的「關鍵時期」，因此並不具備下意識語言能力（也就是所謂的「語感」（intuition））。當所學語言不具備母語能力時，其聽、說、讀、寫能力的表達總是不如下意識母語能力的通暢自如與隨心所欲。

由此觀之，國小推行英語教學的方向是正確的。只是如果我們仍然停留在過去的老師只知教，學生只知學而不知用的模式，我們台灣英語教學不是很成功的遺憾，勢必會一再重演。因此，建立以使用英語爲宗旨，並且建立必須使用英語的必要性之學習或教學目的，應是英語教師與學生們必須共同努力的目標。

## 五十三、要如何讓英文寫作能力進步？<br>要怎樣才能讓文法融會貫通？

常常有學生反映，覺得英文作文要文思泉湧很困難，有時候甚至不知如何下筆，或者寫來寫去，不出有限的幾個句型與單字、片語。其實，寫作能力要進步，一定也要同時多閱讀。英文裡把讀寫關係很貼切地用 Two sides of one coin 來形容，可見其互相影響之密切。

當我們在作閱讀時，我們的頭腦也同時一直在作資料的儲存。一個人儲存的閱讀資料愈多，寫作時，資料庫就能有愈多的訊息提供，也就是所謂的，文思泉湧。否則，記憶庫裡資料了了無幾，如何要求你的頭腦擠出可用訊息？跟其他三項英文基本能力：聽、說、讀，一樣，英文作文的確需要多寫、多練習，但如果不同時多閱讀，效果也有限。

至於要怎樣才能讓文法融會貫通的問題，在於寫作者必須具備英文文法的基本架構觀念，寫作時才不會常犯文法錯誤。這一點，也許就不完全透過閱讀能夠改正，而是需要多寫、多練習，並且有老師幫忙指正文法錯誤。本身如果每次都能從改正的文法錯誤積極學習，一般很快就能逐漸寫出正確架構的文句出來。

如果自認底子很差的同學，可以透過 English 900 的背誦，快速改善。但是，長遠之計，仍在平日要保持良好的英文閱讀習慣，來累積實力，因為好的寫作能力養成，非一蹴可就。

## 五十四、單字背了會忘，除了用目視、唸出來的方式背單字外，還有更好的方式嗎？在擁有多少單字量時，便有說英語的能力？

單字需不需要用背的，端視你的目標是什麼。如果是要應付考試的短期目標，單字的確需要用背的，才有即時的效果。如果是長期英文實力的培養，每天背誦單字的作法是事倍功半，容易半途而廢，失敗率高，不是正確的作法。想要培養眞正的英文實力，可以透過閱讀的方式自然提高單字量。但此方法是以泛讀的方式為主，文章讀過，瞭解其意即可。

查閱不懂的單字時，每次在紙本辭典把查到的單字上作記號，即可繼續閱讀，不必煩惱是否須把所有不懂的單字記起來。只要持之以恆，保持閱讀的好習慣，不懂的單字會一而再，再而三地出現。久而久之，這些不懂的單字就會自然地記憶起來。

以這種方式習得的單字，多數是永久性的。以死背的方式習得的單字，則多數是短暫性質的。大多數人應該都懂得以下這些商業用單字：Toyota, Nissan, SONY, Toshiba, ASUS, Acer, 等等。讀者自己可以思考一下，自己是否背過這些字？

英語說的能力須有多少單字量，須視以何爲前提。如果光指個人口語表達，不需去做聽的理解，那不需太多單字，即可「馬上開口講英語」。但是如果把聽的部分包括進來，也就是指一般的對話方式，則進一步區分幾個層次。全民英檢的初級、中級、中高級、高級、優級，之程度區分，可以是這方面的一個約略說明。雖然這些級數並無載明相等的單字量，但可以是一個不錯的實力指標。

## 五十五、如果小孩子一生都沒有接觸語言的環境，是否能和別人溝通？

任何小孩子暴露在任何的語言環境裡，都能夠很快地掌握此語言的使用，語言學家認爲，這是因爲人類擁有天生的語言學習能力，是一種天賦，所以小孩子才能不自覺的在任何人類的語言環境裡習得語言。因此，現在語言學的研究可以很篤定的指出，如果小孩子一生都沒有接觸語言的環境，一定不會講話，遑論還能和別人溝通。

由於人類小孩子天生的這種特性，父母親便須特別注意與小孩子的日常言語溝通活動。最好每天都必須撥出時間與小孩子交談，以觸動其天生語言學習機制，正常習得母語。否則，小孩子的語言發展會變得比同年齡小孩遲緩，表達困難。惡性循環的結果，好的成爲宅男，壞的變成自閉。

## 五十六、受到母語的思考方式影響，在寫文章時，句子本身的文法結構正確，但有時還是會寫出有 Chinese English 味道的句子，這是否跟「語感」有關？若無「語感」的學生，是否都將無可避免寫出或說出 Chinese English？

的確，你所學的英文如果不具備母語能力，不會有先天的語感。在本篇第八個問題裡，已提供例子說明如何測試自己是否具備英語語言的母語能力。當一個人的語言無先天語感時，是會分辨不出某些所寫或說的語句適不適當，雖然他可以確定文法結構的正確性。可是，文法結構正確的句子不代表就是可接受句，也就是，母語使用者都能接受的句子。例如，The man who I mentioned to my friend who I saw hiding his son who I saw slept on his bed was my uncle.是一合乎英文文法性的句子，但爲不可接受句。

我們很多人可以寫或說出文法結構正確的句子，但有時候無法判斷句子的適當性，結果就成了 Chinglish（=Chinese English）。例如，想要表達「請慢用（吃）」時，有可能出現 Please use/eat it slowly.這樣的 Chinglish，而不是正確的 Take your time, please。還有一些外籍老師常常指出，台灣學生常常使用不適當的句子像, I like to play computer（正確爲 I like to play on computer）或 I am boring（正確爲 I am bored）。坊間一些有關此種台灣學生常犯英文錯誤的出版品，類似例子比比皆是。

解決之道在於，必須花費比平常還多的心力，埋首於英語世界，努力建立次於先天的後天語感。後天語感雖比不上先天語感，但還是可以寫出或說出很道地的英文來。

## 五十七、可以同時學好英文及日文嗎？此二種語言有無衝突之處？

對於大學外文系的學生來說，除了主修英文，還有第二外語的必修課，所以要同時學好英文及日文當然是可能的，不過前提是，英文實力須先建立，之後才把多一點的時間花在日文。由於日文含有大量源自英文的外來語，又有源自中文的漢字，所以英文程度不錯的人學習日文，有事半功倍之效。不過對於英文程度仍有待提升的人來說，絕對不適合同時學習英文及日文。基於語言的普遍性原則，如果一個人英文文法一直學不好，日文文法絕對也學不好。何況，一個人全神貫注於某個語言的學習，都不見得能學得精通；同時學習兩種語言，效果分散、有限。

對於非大學外文系的學生來說，如果是初學者或僅有一般英文基礎，一樣不建議同時學習英文及日文。最好還是先把英文實力建立，之後才學習日文。某個語言的學習能成功，另一個語言的學習通常也能成功。

## 五十八、中小學生會用注音符號替代音標，妥當嗎？

不少人對此現象反應過度，記得甚至有立法委員提出抨擊。其實，這是有些英文初學者會出現的正常現象。在學校已經習慣教好班或資優班學生的老師，也許比較難以理解爲何有些學生會使用注音符號替代音標。據了解，少數弱勢學生，英語學習本來就比一般人來得慢以及不足，加上有些老師以爲學生都已經學過音標，國中時就跳過不教了。所以，在不懂英語音標的情況之下，這些學生只好自力救濟，使用注音符號代替音標，來給英文單字注音。例如，用ㄍㄨ ㄉㄜ來注音 good，用ㄇㄛ ㄌㄧㄥ來注音 moring。基於世界語言語音的普遍性原則，還算是差強人意的作法。

嚴格上來說，這樣的方式在某方面而言，其實也顯示了這些學生的創造力及應變力。而且，這只是過度時期不得不的作法。通常，只要持續英文的學習，正式的音標就會再取代注音符號的使用，老師們可以不必太在意。反而是，發現這樣的情況時，可以對這些學生採取補救教學，盡早幫助他們學習到正式的英語音標。

## 五十九、該如何增進中英翻譯能力？

中英翻譯能力要好，兩種語文的基礎也都一樣要好。對翻譯工作有興趣的人，平常除了英文的研讀，自己母語，中文，的部分更須加強。如此一來，作英翻中或中翻英時，翻譯的品質才會佳。在台灣，由於一般人的中文也是母語，如果英文程度優秀，英翻中就比中翻英更容易作出精確、道地的翻譯，差別可能只在文句的精美與否。如果作中翻英，翻譯的品質得視英文程度優劣來決定，如果英文具母語能力則更佳。

另外，翻譯實務經驗也很重要。具備優秀的中英文能力只是基本功，時常從事語譯工作，也相當有助於譯者作出快速、即時、正確的翻譯。如果可能，也建議有興趣從事翻譯的人，能夠去英、美等國待個幾年，學習很多課本裡學不到的道地生活英文及用法，則更有助於提高翻譯作品的精確度。

翻譯不完全是直譯，有時候須視語境而作出合適的內容詮釋，尤其是在翻譯篇章作品或影視影集時。例如以下影片裡的對話：

Speaker A: You're really buzzy last night.
（譯：你昨晚怎麼喝得酩酊大醉？）
Speaker B: Just a couple of drink..（譯：才喝幾杯而已……）
Speaker A: Couple?（譯：才不止！）

這三句對話都翻譯得非常恰當，尤其 Speaker A 裡的 Couple?更為道地。總之，翻譯並不難，但要翻譯得好並不容易。

## 六十、每天要發多少時間學英文，英文才會進步？對於國中學生，要很強調文法嗎？

語文的學習重視時間上的頻繁、持續有恆。即使一天僅用半小時的時間學英文，效益上也都會比一個星期只學一次三個半小時的英文，要來得高。所以，英文要進步，需要時常接觸英文，聽、說、讀、寫、方式不拘，只要以自己喜歡的方式進行即可。但是，須特別注意語文學習成效的一點特徵：語文學習的進步是階段性的，非立即可見。這也就是爲什麼老師一直要學生學英文時，要有耐心的原因。當自己能夠感覺到自己英文程度的提升時，通常也都經過一個時期了。

國中學生的英語教學，需不需要強調文法，以現在仍是考試領導教學的大環境來說，已經不是需不需要的問題，而是基測考試會不會考的問題。現今，台灣國、高中的英語教學是沒什麼教學理想的，也沒有什麼該不該教的，學校的教學目標至今沒變：一切以提高升入好學校比率爲最高目標！

## 六十一、我有一個朋友從事旅遊業，他的英語基礎很不好，不敢妄想自己能說流利的英語，所以他只想學旅遊方面的英語。英語真只能學一部份嗎？有沒有辦法只學一個主題的英文？

英語能不能只學某個主題？其實，這是可行的。學術界裡，有些學者一輩子專注在某個領域的研究，關於英文，也是這個領域的部分懂最多，不見得所有有關英語語言的部分全都懂，名副其實所謂的「術業有專攻」。

如果一輩子打算投身旅遊業，只想把有關旅遊方面的英文學好，是可以這麼做，也可以學得很成功，不一定得按部就班來，也不一定非得像科班一樣學習文學或語言學不行。過去曾經親身接觸過一些從沒接受過正式日語教育，半路出家的日語導遊，成功的表現令人印象深刻。不僅專業知識豐富，日語流利的程度也頗令人刮目相看。如果日語行，誰說英語不行呢？

## 六十二、如果用英文思考可以幫助學習英文，那要如何用英文思考？

學習兩種語言的人，到底是一次建立一個語言系統，或者一次建立二個語言系統，目前學界有兩種不同的理論：單一系統假設和分離系統假設。前者指的是，學習雙語的人一次只建立單一語言系統；後者則指，一次建立不同的二個語言系統。目前，分離系統假設似乎比較有說服力，因爲學習雙語的人出現的雙語混用現象，例如，一句話裡出現中文、英文夾雜的現象，比較有可能出自兩種語言的兩個語言系統同時運作。

如果此理論正確，我們在學習英文時，我們的頭腦會爲英文建立一個專屬英文的語言系統。如果一個人本來就擁有國語、閩南語或國語、客家話或國語、原住民語兩個母語系統，加上英文，頭腦裡就像有三個單語語言系統，各語言的使用，都遵守各語言的文法規則，不會互相影響。

當我們在使用國語時，國語語言系統負責有關國語聽、說、讀、寫的運作；使用閩南語時，閩南語語言系統負責有關閩南語聽、說、讀、寫的運作；使用客家話時，客家話語言系統負責有關客家話聽、說、讀、寫的運作；使用原住民語時，原住民語語言系統負責有關原住民語聽、說、讀、寫的運作。同理，使用英語時，英語語言系統負責有關英語聽、說、讀、寫的運作。

所以，當英語語言系統在負責有關英語聽、說、讀、寫的運作時，就是我們所謂的用英文思考。一個學英文的人如果可以用英文思考，就是表示他的英語語言系統足以擔負這件工作，更直接一點的說，就是表示他的英語語言系統裡面資料儲存豐富，足以提供充分訊息來做有關英語聽、說、讀、寫的工作。

反過來，如果一個學英文的人還無法用英文思考，就代表他的英語語言系統需要再輸入更多資料，來充實內容，使其足以擔負英語聽、說、讀、寫的運作，否則，由於資訊不足，我們的頭腦便會自動啓用另一語言系統來支援，於是就形成了英語聽、說、讀、寫仍使用中文思考的模式。簡而言之，如果你想要能夠用英文思考，多聽、多說、多讀、多寫就對了。

## 六十三、要如何才能克服與外國人交談的恐懼？

在台灣學英語，說和寫都算是比較困難的部分；前者的困難是不容易隨時有老外跟你講英文，後者則是不容易找到老師幫你改正。練習英語交談，英語爲母語的老外是最好的對象，但是，改英文作文就不是每個老外都有資格，因此，只要英文能力夠的本國籍老師也適合。

即使有老外跟你練習英文會話，有些人接下來還會面臨交談的恐懼。此恐懼何來？一、可能從未與外國人面對面用英語交談過，二、可能實力不夠，以至於缺乏自信，三、可能曾經被指責、傷害過，導致心靈受創，以致心生畏懼。

如果一個人的恐懼來自第一個可能的原因，克服之道在於，一定要逼迫自己與外國人英語交談一次，只要英語程度不差，經過一次的英語交談之後，通常就會產生信心，並且會有想要趕快再與外國人進行英語交談的衝動。

如果是第二個可能的原因，克服之道在於，先提升自己的英語實力，然後參加補習班的初級英語會話班，接著再根據自己實力提升的情況，逐漸進階到中級、高級英語會話班。高級英語會話班的會話老師通常都是老外，透過這種按部就班的方式，在高級英語會話班時，應該就不會畏懼與老外交談了。

最後，如果一個人的恐懼是來自第三個可能的原因，克服之道在於，可以探聽，找出一位在學校或補習班上課，並且深具愛心，口碑不錯的老外，然後去上他的課。希望有機會，能夠透過一位好的外國老師的鼓勵，重拾信心，恢復對英語的興趣。

## 六十四、有無學習「英文俚語」的必要？

語言學篇裡的 D3 已簡單說明過成語和俚語的不同，也建議學習俚語（slang）最好的方式是，從電影或電視影片學習。

現在問題是，學英文時，有沒有必要學俚語呢？不學俚語不行嗎？

在學校的英文學習，一般教與學都是以正式英語爲主。這也是教學上正確的方向。俚語是一種有時間、地點、使用者等限制，使用期不確定，有時候短短幾年就消失，的非正式語言形式。而且，很多俚語的用法，一般辭典有時候也找不到。例如，第五十九個問題裡電影對白的句子：Speaker A: You're really buzzy last night. "buzzy"這個字就是俚語，指 drunk（醉的），爲形容詞。除了英英版的俚語辭典之外，一般英漢、英英辭典裡根本沒有這個字的存在。

事實上，俚語的學習也是學英文一個重要的部分、因爲俚語在英語的實際生活中，扮演很重要的溝通角色。如果常常觀賞英文電影或電視影片，就可以發現，對白中到處充滿了俚語的使用，既多且難懂。這也就是爲什麼我們的學生老是報怨，爲何學了那麼久的英語，卻仍聽不懂有些對話意義的原因。如果以爲那只是電影中的對白效果，實際生活中應該沒有那麼多俚語的使用，那就錯了。在英語國家生活過的人，應該都知道俚語是生活用語的一部分，即使自己不會用，至少也要聽得懂才行。

俚語，雖然是實際生活用語不可或缺的一部分，畢竟是非正式的語言形式，而且也非世界各地通用的英語結構，所以不是學校的主要教導內容，但可以是聽、說學習部分的重要補充教材。自學者也可透過觀賞英語電影或電視影片的方式，學習生活中的實用俚語。

## 六十五、閱讀文章時，即使單字都知道意思，卻無法連貫意義，因此沒辦法徹底了解文章的內容時，該如何克服？

英文閱讀能力的三大基本要素是：單字、片語、文法。所以，有此閱讀問題時，原因大致不脫此三個方向：一、如果「單字都知道意思，卻無法連貫意義」，那有可能是一些非表面語意的片語結構或類似句結構或引申語意結構所造成的困擾。例如，high summer 除了「盛夏」之意，還有指跟夏天無關的「全盛時期」之意。而 You've got a dead wish?有引申「想死嗎？活得不耐煩了？」之意。或一般學生比較知道的 No + 名詞 = Not a +名詞，的類似句結構：I am no doctor = I am not a doctor。但是，在語意上，No +名詞，中文常帶有「可不是……」之意。或有些學生不是很清楚的 come from 與 came from 之不同意義：I come from Taiwan 和 I came from Taiwan，前者意指「我是台灣人」，而後者卻意指「我從台灣來的」，語意不盡相同。

如果不是單字、片語的問題，那就是，二、文法結構問題。一般英文文章的三大主要結構爲：分詞結構、關係子句、同位語，而前兩項通常也是很多學生的困擾。如果這三種文法結構都能掌握，主要文法問題應該就能克服。

解決之道除了上述片語、文法兩項問題之克服外，也可採取精讀方式進行閱讀實力的培養。精讀是指，對於文章作逐句的研讀。每一句都會含有單字、片語、文法三大結構。自我訓練時，一定要堅持每一句都已經完全瞭解之後，才能進行下一句。由於英語的結構有限，不是漫無限制，以如此精讀的方式，只要持之以恆，假以時日，必能克服此閱讀問題。

## 六十六、現在英語檢定考試的名目及系統繁多，該如何選擇理想的檢定考試？何種英語檢定考試較具有「全球性」的公信力？又該如何有效準備考試？

目前大家比較耳熟能詳的主要英語檢定考試有 GEPT（全民英檢）、TOFEL（iBT 電腦化試題托福）、IELTS（英澳英檢）、TOEIC（多益英檢）。GEPT 是國內自己研發的英語檢定，TOFEL 是行之有年，欲赴美留學之必考英語檢定，IELTS 則是赴英國英語系統國家留學之必考英語檢定，TOEIC 爲商業職場之英語能力檢定考試。

因此，應該參加何種英語檢定考試，須視自己參加考試的目的爲何。例如，想去美國、加拿大留學，則選擇 TOFEL；想去英國、澳洲留學，則選擇 IELTS；想往職場發展或留學商業領域，選擇 TOEIC。全民英檢則是目前國內一些學校、職場要求的英語能力檢定指定考試項目，唯國際上的公信力仍在建立中，所以目前仍無法取代其他國外英檢考試。TOFEL 和 IELTS 雖各爲美系英語和英系英語設計的考試，但是目前有走向全面互相承認的發展之中。

準備各項英語檢定考試，除了基本的英語聽、說、讀、寫、實力的培養之外，同樣須視其不同形態的考試內容作適切的準備，例如，多做考古題測試自己的程度，以利改進。如果有能力上補習班作實際模擬考演練，也不失爲短期目標達成的有效方式。但，並不是不去補習班就考不好，因爲英語檢定考試的重點在於自己是否具備實力，不在補習與否。

## 六十七、為何高中老師和大學老師的英語教學觀念不一樣？

有學生問道：「很多高中時期老師強調的東西，到了大學發現不管用，有時甚至是錯誤的，所以以前以爲自己英文不錯，但是唸了外文系卻一直感到相當挫折。例如：高中老師教英文作文，很鼓勵我們背諺語，可是系上外籍老師教我們不要再用了，太過老套也不具說服力。有時侯以前老師鼓勵使用的一些片語，說可以顯出程度，但大學卻發現太過冷僻或是根本錯誤。」

也有學生指出：「我自己在高中以前都覺得自己的發音十分正確，直到大學後經老師的逐字重新教授發音，自己才正確學習到發音技巧，不知以前的問題出在哪裡？」

之前有提過，國高中時期老師的英語教學，完全受到基測、學測英語考試的影響，以致無法實踐英語教學暢談的理想教學理念。到了大學，由於已無升學壓力，英語教學就顯得百花齊放，各校各顯神通，在教學上當然就顯得實際多了。然而，在高中，老師要教給學生的，必須以考試會考的方向爲主要原則。例如，因爲要考英文作文，老師當然就鼓勵學生多背誦諺語或片語。由於批改英文作文的大學教授，幾乎全部都是不具英文母語能力的本國籍英文老師，對於英文作文的批改一定有異於外籍老師的觀點。長此以往，會使用諺語或片語變成是提高英文作文成績的必要，高中老師當然要多教。

發音技巧的問題，應該也同樣是受到考試領導教學的影響，導致老師無法發太多時間，對每一個學生作逐字發音的糾正。因此，除非透過基測、學測的機制，把發音納入考試，才有可能實現發音的確實教學。

## 六十八、為什麼我都聽不懂「語言學概論」在上什麼？

「語言學概論」原來就一直是國內外大學外文系或英語系之主要科目。進入二十一世紀，「語言學概論」更成爲當今欲成爲英語教師主修專長科目裡的核心課程。原因無他，欲成爲一位現代外文系或應用外語系的畢業生，除了須具備優秀的英語聽、說、讀、寫能力和擁有豐富的英美文學知識之外，還須具備完善的基本語言結構知識，以完備語言能力的要求。

由於「語言學概論」是一門輕記憶、重理解的課程，因此，對於很多過去高中時代習慣記憶學習的大一、二學生來說，不是一門容易的科目。改善之道有以下幾項建議：一、這一門課不適合自主閱讀，即使讀中譯本也不容易懂，有些觀念須聽老師解釋才能瞭解，所以最好不要缺課。二、有不懂的觀念一定要問老師，直到懂爲止。三、即使不需要預習，平常也一定要跟上進度，否則考試前臨時抱佛腳，一定失敗。

只要秉持以上幾點建議，「語言學概論」這門課，就不會聽不懂。

## 六十九、為什麼英文文法枯燥、乏味、難背？

學習英文文法跟上「語言學概論」課一樣，須用理解的方式，不是背誦。所以，爲什麼會覺得英文文法枯燥、乏味、難背？因爲方法錯了。坊間英文文法書琳琅滿目，內容多樣，但是多數的設計，都很難讓人把書看得完，也才屢屢出現對英文文法無奈之怨言。而且，最要命的是，一般都以爲，英文文法要好，要把文法書讀透才行。

其實，掌握英文文法，只要瞭解主要句構規則即可，不需要讀完整本書。第六十五個問題提過，一般英文文章的三大主要結構爲：分詞結構、關係子句、同位語。已有英文文法基礎的人，只要能理解這三大主要結構的要義，原則上，基本英文文法就能掌握。完全沒有英文文法基礎的人，可以透過篇章逐句學習的方式，慢慢瞭解英語句子的結構，即可克服文法問題。

我們學習英文文法，是要來幫助我們在聽、說、讀、寫、方面了解句子的結構，不是爲了應付考試。不能用背的方式學習。

## 七十、我是高職畢業的科技大學應用外語系學生，但是我英語聽力超極差，怎麼辦？

本質上，英語是拼音語言，以語音符號代表語言，所以學習上，英語要從學習聽音、練習發音學起，也就是，學英文時，要認音。但是，從這位學生所反應的問題，可以多少看出有些技職體系的英語教育顯然出了很嚴重的問題。

如果有類似情況的學生，該如何補救？以下兩個建議：一、如果本來就對英文沒興趣，不如趕快轉系。如果轉系有困難，可考慮重考至喜歡的系所。二、雖然聽力程度差，但是對英文仍有興趣，那就需要採取補救措施：學習英語音標、去英語補習班上正音班、從聽空中英語或兒童美語聽力教材開始學習聽音、認音。但是這些補救措施都需要迅速、有效執行，才有點可能跟上大一英聽或英語會話的課程。如果還是跟不上，只好採取重修方式完成學分的取得。只要大學四年能夠努力不懈，終能克服聽力問題。

## 七十一、學生對當前英語教育的反應是什麼？

透過以下一些學生的表達，應該約略可以看出當前台灣的英語教育問題在那裡。雖不能以偏概全，但多少反應出一些狀況的存在。

「我在學習英文中所遇到的問題爲數不少，但最嚴重的是學而少用。從國中開始學到現在，雖然單字背很多，文法也懂，但是我總覺得所學不合所用。我認爲就是會讀會寫，然而卻不會聽不會講。這個問題雖可藉由自己努力而有所解決改進，但我覺得還是應由基本教育體系的改變來解決。」

「成績爲取向的教育制度，在此一制度下，造成我在英文學習的過程中，有著強迫式、填鴨式的效果，無法活學活用，應用於生活中，使我對英文有點抗拒的感覺，雖然我仍然在讀英文。」

「一直接受塡鴨式教育至今，我發現對許多問題的答案沒有想像空間和創造力。」

「在英文的學習過程中，我遇到最主要的問題是，學不知道在何時用，所以雖然聽說讀說我都有並重學習，但就是不會用。尤其是單字和文法，單字在日常生活環境中用不上，因爲周遭的人都說中文，沒有什麼背的效率，很快就忘了。」

「全面性對大學生採取全英文教學，是否眞能促進英文實質能力？又有何缺失？大部份的大學生普遍英文能力低落，若採用英文上課，會造成聽不懂的狀況，英文不但沒學好，連本科目也放棄！例如：社工系的社工原理課，學生會天天查單字、翻譯，只讓他們更痛恨英文。除此之外，專業能力也沒增強。」

「自從國中開始學習英文，就始終對它很喜愛，我把它當成自己的興趣去發展，讀起來也就輕鬆自在囉！但到了高中之後，升學壓力較重，學習英文似乎成爲一種例行公事，讓我學起來也沒有快感了。」

「我自己在高中以前都覺得自己的發音十分正確，直到大學後經老師的逐字重新教授發音，自己才正確學習到發音技巧，不知以前的問題出在哪裡？年紀不夠成熟所以才學得不好或別的原因？」

## 七十二、國語、閩南語、客家話、英語這四種語言在學習上有順序關係嗎？

國語、閩南語、客家話這三種語言都是聲調語言（tone languages），也就是，單字的高低音（pitch）改變，語意也會跟著改變。國語具有四個主要聲調及一輕聲；閩南語和客家話都是七個聲調。英語非聲調語言，而是語調語言（intonation language），性質與聲調語言不同，發音結構 E-15 已有說明。

在幼兒學習上，國語、閩南語、客家話這三種聲調語言有重要的順序關係。通常，愈多聲調的語言，宜讓小孩子先學。也就是，如果是雙語的家庭，最好先讓小孩子學閩南語或客家話，然後再學國語，這是因爲閩南語或客家話的七個聲調已大致含蓋國語的四個主要聲調，以此順序學習，幾乎每個小孩子都能無礙地習得兩種語言的母語能力。

反之，如果是先讓小孩子學國語，然後再學閩南語或客家話，以此順序學習，絕大多數小孩子會出現精準掌握閩南語或客家話聲調的困難現象，有的甚至會抗拒學習。這是因爲小孩子在先掌握了國語的四個主要聲調後，要再進一步學習原本不存在的聲調時，會感覺困難，進而產生沮喪，最後乾脆抗拒學習。

我們的社會中，這種實例舉目可見，可惜並未受到重視，很多父母親並沒有這方面的觀念。這種現象以在台北都會區最爲嚴重。很多父母親都是閩南語或客家話的母語使用者，可是多數都不懂得在小孩子年幼時，即用閩南語或客家話與其交談，助其習得閩南語或客家話；反而都是用國語當作主要的溝通語言，使得國語成為其第一語言，影響了之後閩南語或客家話的學習。

這個情形在南部卻不多見。絕大多數南部的小孩子都是先學閩南語或客家話，然後才學國語。所以，南部的小孩子具雙母語能力的數目遠遠超過北部的小孩子。這個現象，在我自己上課的課堂所做的調查裡，年年符合此南北差異，至今從未出現反差異的情形。

至於國語、閩南語、客家話這三種語言在與英語學習的關係上，並無順序問題，如前所述，因為它們之間性質不同，英語非聲調語言，所以不會產生上述現象。通常，可以讓小孩子的母語與英語在自然環境中同時學習。

## 七十三、我在外文系一、二年之後才發現對文學和語言學根本沒興趣，該怎麼辦？

由於文學和語言學本來就是外文系的兩大核心科目，要成為外文系的畢業生，這兩個科目都是必要的背景知識，不能不學習。可是，如果不是一開始在大一就發現沒興趣，而是二、三年級才確定時，的確有點慢，轉系或轉校，雖非不可能，都已嫌太晚，那怎麼辦呢？

其實，雖然對文學和語言學沒興趣，也還是可以繼續完成外文系的學業。如果已完成系上規定文學和語言學的必修科目，這樣的同學可以盡量選修自己有興趣的其他課程，或選擇輔系，或雙主修。根據資料統計，外文系學生的輔系，或雙主修系所，百分之九十以上與商業學科有關。這顯示，除了文學和語言學之外，很多學生更注意到修習提升就業機率科目的必要。

如果想早點畢業，沒有興趣再修輔系或雙主修課程的學生，則可以把學習重心轉移到英文實力的培養。盡量多上一些提升英語能力的課程，並盡早準備一些英語能力檢定的考試，期使自己在踏出校門前，能夠具備一流的英語程度，使自己畢業後謀職順利。

## 七十四、英語成為台灣的第二官方語言可行嗎？

早在幾年前報載，亞洲托福考試前三名碰巧都是英語爲官方語言的國家：印度、新加坡、菲律賓的更早之前，國內就已興起一股討論英語成爲台灣第二官方語言的可行性。後來的小學英語教育政策的產生，應該也是與此長程目標有關。

從多數英語學習者對於無法把英語學以致用的一再呼籲，及從語言學習的當然目標來看，讓英語在台灣成爲官方語言，除了其他更遠大的目標之外，對於學習英語效益的提升絕對有著莫大的助益。例如，一、英語大環境將因而出現，二、隨著英語環境的出現，英語也將跟著有「用武之地」，三、隨著英語的有「用武之地」，良性循環出現，英語學習終於有了正確目標，不再考試至上，爲了考試拿高分而念英語。

由於整個計畫的全面實施，涉及龐大基本英語人口的建立。以現今小學英語教育才推動不久，實施的可行性勢必須等到所有接受小學英語教育的這些孩童長大成人，進入社會各階層後，才有可能。

## 七十五、常有人說「外國人說話從來就都不用文法的」，是事實嗎？

很多人的確都誤以爲外國人說話從來就都不用文法，這就跟絕大多數在台灣的人以爲自己不懂中文文法一樣。事實上，本書語言學篇的句法結構裡已提及，現今語言學研究發現，每個人都是自幼在不自覺中習得了文法，只要根據文法，把字或片語組成句子，就可以創造出無限多的新詞句。因此，人類語言的句子並不是一串隨意的組合，其排列組合是有嚴謹規律的。

每個人使用自己的母語來從事言談時，對多數人來說，語言是再稀鬆平常不過的一種溝通工具而已，鮮少有人會想去瞭解這個幾乎無日不離身的工具是否使用到文法。一般人也許不曉得，能夠進行簡單對話的能力，也都要具備相當深厚的語言知識才能進行，這其中更包括了文法知識。所以，一個母語使用者如果不具備自己母語的文法知識，如何能夠表達出正確的語意呢？例如，一個中文的母語使用者如何能知道要講出「我們上街去買東西」的語句才對，而不是「我們去買東西上街」？

顯然，任何語言的母語使用者都擁有有關此語言的文法知識，如此一來，人與人之間，才能使用自己的母語來從事溝通、交談。但是，因爲這是一種母語使用者不自覺的語言知識，一般人才都會以爲自己不懂自己語言的文法。

## 七十六、看英文電影時，要是遇到聽不懂的部份，馬上查原文有助聽力嗎？還是順其自然，常聽就懂？

之前提過，增進英文聽力，根本上，須從閱讀做起，而不是僅一味猛聽，期期以爲只要繼續聽下去，就能夠逐漸聽懂原來聽不懂的部份。這個可能性雖然存在（例如，本來就懂，只是一時之間沒能聽出來），但並非所有的情況皆如此。因此，在家裡自己看英文電影，訓練聽力時，碰到聽不懂的部份，馬上查原文，的確有助於聽力的提升。因爲透過原文的查詢，你會瞭解自己聽不懂部份的正確語音，這就是在執行「學英文，要認音」的正確步驟。根據英語表音的特質，只要幾次對於相同語音的查詢下來，下回再碰到，就一定能聽懂了。

## 七十七、英語聽、說、讀、寫可以同時學得好嗎？

英語聽、說、讀、寫四個能力本來就相輔相成：聽得懂人家的話語，才能說出對應的語句，一來一往，就形成了口語溝通；讀得懂人家的語言文字，才能寫出回應的語句，同樣一來一往，文字語言的語言溝通也形成了。所以，英語聽、說、讀、寫四個能力，非單方面訓練可成事。

學習時，可以採取四路並進，或聽、說訓練一起，或讀、寫訓練一起進行。例如，時間充裕的學生，每天可排兩小時時間練習英文。如採取四路並進方式的，可以把聽、說、讀、寫四個部分各排 30 分鐘，依序練習。這其中，聽、讀、寫還可自主訓練。口說部分，如果沒有同伴，可以使用朗讀或背誦英文方式完成。

如果是採行聽、說或讀、寫一起訓練的，每天可排兩小時時間，把聽、說或讀、寫二個部分各排一小時，依序練習。如果時間有限，也可僅排一小時時間，二個部分各排 30 分鐘，依序練習即可。無論採取何種模式，都以最適合自己學習的方式進行，並持之以恆，英語聽、說、讀、寫四個能力就可以同時學得好。

## 七十八、為什麼老外講中文，聲調都怪怪的？

一個母語使用者擁有的不自覺語音知識，可以在他發出非母語語音的時候顯示出來。好比中文四聲聲調的變化，也只有以中文爲母語的使用者，才能正確的掌握。一個學中文作爲第二語言的外國人，在四聲的精確掌握上，通常就不如以中文爲母語的使用者來得精確。這也就是爲什麼我們可以很輕易的從中文四聲的掌握上，判斷出中文是否爲此人（不一定只指外國人）自幼習得之母語。

同樣的道理也可應用在一個人透過英語發音，即能清楚的判斷英語是否爲此人自幼習得之語言。由於各種語言的語音存在著差異，有些外國語音並不存在於母語使用者的語音系統裡，此時學習此外國語言的母語使用者，常常就會出現使用自己語音系統裡最接近此外國音的語音作爲替代，來發出此音。例如，由於中文並無英文的齒間音（interdental）/θ/ 和 /ð/，有時候以中文爲母語的英文學習者會出現用最接近英文齒間音，而且中文也有的 /s/ 和 /z/ 或 /ʃ/ 和 /ʒ/ 來作爲替代。

所以我們會覺得「老外講中文，聲調都怪怪的」的道理，跟英、美人士覺得我們「講英文，語調都怪怪的」的道理是一樣的：學英文作爲第二語言的我們，在語調的精確掌握上，通常就不如以英文爲母語的使用者來得自然、精確。

## 七十九、英文演講時或英文會話時常常會忘詞，這是所謂的失語症嗎？

失語症是指腦部語言區受傷所造成的語言失序現象。通常，不同的受傷部位會造成不同的失語現象。如果是掌控文法、發音結構的 Broca 語言區受損，通常會出現發音障礙和片語、句子結構方面的問題。如果是負責理解的 Wernicke 語言區受損，通常會出現理解障礙的現象。

平常一般人有時候就會由於某些原因而有忘詞現象，例如，上台作英文演講或跟老外英文會話，造成的精神性緊張，以致突然想不起想要說的詞。忘詞現象有可能是伴隨失語症的病，也有可能是正常的精神緊張所造成。如果自己有忘詞現象，可以看看自己在不同的情況下，後來某個詞是否突然間又想起來了。如果是如此，那可能就不是失語症。如果所忘之詞，後來永遠一直就沒有再想起來過。那就有可能是一種病症。不過，不管如何，發現自己有嚴重的忘詞現象，最好還是趕快就醫，尋求醫生的治療，方爲上策。

## 八十、既然人類可以自幼不自覺習得母語，為何還會有文盲？

一般所謂的文盲是只指，不具備讀、寫能力的人，文盲並不包括聽說能力的缺乏。而人類閱讀能力的習得和聽說能力的習得，並不相同。兒童自幼僅能不自覺地習得母語的聽說能力，並非全部聽、說、讀、寫四個能力。而且聽說能力的習得，並不是透過教導學習而來。有經驗的父母親應該很清楚，其實他們並不是同時也擔任小孩子的語言老師。

不似聽說能力的自然習得，兒童無法也自幼不自覺地習得母語的讀寫能力，這方面的能力必須透過教導，自覺地學習而來。這點不同，區分了沒讀書的文盲和上學讀書的識字人。所以，我們所謂的文盲通常只指缺乏讀寫能力的人，而非缺乏聽說能力的人。

母語聽說能力和讀寫能力在學習上的不同，也能從世界上有人類的地方就有口語的存在，但卻不是所有有人類的地方，就有書寫文字系統的存在，得到證明。通常，一個人類族群是否具備讀寫能力，也相當程度反映其文明進化程度。

## 八十一、中文有否可能像英文一樣，有朝一日成為世界通用的語言？

中文的每一個字體爲一語意單位，不需文法詞素或衍生詞素附著，在單字結構上，稱爲「非曲折語言」(non-inflectional language)。中文的字體書寫方式雖然獨特，深具藝術感，但是整個字體庫頗爲複雜、龐大，書寫、教學不易，因此不易成爲世界通用的語言，目前世界上只有中文和日文採用此書寫方式。韓國以前也是採用中文系統，但後來深感漢字的複雜、難學、不易推廣，十五世紀時的一位君主便設計了一套特屬於韓國人的拼音文字，稱爲 Hangul（韓字），使用至今。

反之，目前已是世界語的英語爲拼音方式的語言結構，簡單、易學，雖不具藝術美學，仍爲世界多數語言所採用，尤其新興語言大多數都使用拼音方式來建構自己的語言系統。

## 八十二、台灣的中文為何和中國大陸的中文有點不太一樣？

人類的語言從出現以來就會一直隨著時間的改變而改變，也因此，當今我們所使用的語言，已不再是原來的模樣。如今的中文漢語已不是宋朝之前的中古漢語。不僅在文字、語音、句法、等等這些有形的結構上面有所改變，在無形的使用上面，也同樣有相當大的變更。

這種變化，同樣出現在台灣的中文和中國大陸的中文上面。過去兩岸的政治分歧，使得兩岸的中文呈現各自發展的演化現象。在台灣，過去由國民黨政府帶入島內並且推廣的中文，受到閩南語、客家話、英語的影響，已逐漸台灣化。學術領域甚至爲了區分不同，台灣的中文都習慣稱爲 Taiwan Mandarin。台灣化的中文同樣在文字、語音、句法、等這些有形的結構上面有所改變。例如，文字上繁、簡體之不同，同義異形的名詞；台灣中文語音上的舌位變化、省略現象；還有台灣中文句法主要受閩南語結構影響也頗大。至於無形的使用變化，就更不用說了。

語言的改變乃人類歷史演化道路上的必然。任何想要以人為的方式來改變語言的自然演變，都是違反自然界的演化規律，通常難以成功，也是不智的行為。語言的演變，通常也可反映出某個時期的歷史現象，因此，語言的演變本身就是一種歷史的軌跡。台灣的中文演變也無言敘述著過去國共爭鬥的歷史。

在語言學裡，歷史語言學是研究語言演變的一門科學領域。透過古今語言變化的分析，我們方得以找出語言與語言之間的關係，並進而了解不同種族之間語言的歷史演化現象。

## 八十三、上網結交外國網友，有助於增強英文能力？

從語言學習的觀點來看，的確，在網路上結識英語國家的網友，並透過英語的使用，有助於提升自己的英文實力。過去還沒有網路語言通訊軟體時，也許都是以寫作溝通為主要方式，對英文寫作有一定程度的提升，不管是正式英文或非正式英文，都是一種助益。

近年來，免費的網路語言通訊大行其道，比較為人所知的有 Skype、MSN、即時通。由於其良好的語音通訊品質，加上最重要的免費措施，使得全球網友受益良多，也促進了世界各地網友直接實際語音（面對面或選擇單純語音）的交流、認識。

尤其，對增進英文聽、說實力的進步貢獻良多。現在更有國外英語老師直接使用這種直接交談的方式，透過網路招收外國學生，作付費方式的會話訓練。據聞，學過的學生都說效果不錯。

## 八十四、所謂的英文課本是不是和真實用法有所差異（教的和實際上用的不一樣）？

過去的確如此，學生覺得課本上所學的句子，與生活上的英語會話有差距，學得多但卻不會應用。課本所教與實際所用，存在頗大差距。當然，這一方面也是之前所提，實際生活英語比較屬於非正式體的英文，而且區域性俚語多；但是學校教的是標準、正式體的英文，所以兩者之間就好像口語英文和寫作英文的差異一樣。

隨著時空變遷，現在很多英文教材、課本已經大部分擺脫過去那種不實用的刻板印象，轉而也變得非常實際，而且授課老師所能選擇的種類也增加很多。所以過去學生對「課本＝不實用」的看法應該會慢慢隨著時間改變。

## 八十五、小孩子的語言複述能力遲緩是頭腦的語言區出了問題嗎？

語言複述能力遲緩是指，無法以正常速度重複人家所說的話。例如，老師要學生跟著說某句話，學生遲遲無法複述，或速度極慢。小孩子如果有語言複述能力遲緩現象，原因也許很多，不一定是頭腦的語言區出了問題，最好還是去請教專業醫生。

但是，Wernicke 語言區受傷，或位於 Broca 和 Wernicke 語言區之間的拱形肌束出了問題，的確會出現語言複述能力遲緩現象。Wernicke 語言區受傷，病人會出現無法理解人家所說的話，而且自己也無法講出有意義的話的現象，以致造成語言複述能力遲緩。而拱形肌束受損，由於有關詞彙的訊息無法正常從 Wernicke 語言區傳送到 Broca 語言區，因而講話時會有語意斷斷續續，不能連貫的情形。

## 八十六、一邊學英文是不是也要多了解一些西洋文化及風俗習慣？

語言與文化息息相關，兩者關係密切有如閱讀與寫作之 Two sides of one coin。尤其語言的差異性，文化與風俗習慣扮演重要角色。例如，中英語言在使用上的不同，很多方面都是文化風俗差異造成的。以表達感謝而言，中文的使用者，由於保守的中華文化，傾向間接、含蓄、或有甚者，羞於啓齒。英文的使用者，則傾向直接、公開、或有甚者，大聲嚷嚷表達。

或以打招呼用語來說，英文有 Hello、How do you do?、How are you?、How are you doing?、Hey、或 Hi、等等、正式、非正式之不同用法，這都是文化風俗的一部分。例如，在社會禮儀上，使用 Hey 或 Hi 跟不熟識的人或長輩打招呼是不禮貌的。使用 How do you do?與相識的人打招呼也是不得體的。

另外，從一個語言的某些約定俗成的用法，也可以看出一個社會是重男輕女或男女較爲平等的文化。例如，以下一些中文和美國英語兩種用語的比較：

| 中　文 | 英　文 |
|---|---|
| 父母親 vs. *母父親 | parents/father and mother/mother and father |
| 男女 vs. ?女男 | boys and girls/girls and boys |
| 兄妹 vs. *妹兄 | brothers and sisters/sisters and brothers |
| 各位先生、女士（多用） | Ladies and Gentlemen |
| vs. 各位女士、先生（少用） | vs. ?Gentlemen and Ladies |
| 夫妻 vs. *妻夫 | man and wife vs. *wife and man |
| 兒女 vs. *女兒 | sons and daughters/daughters and sons |

一個社會兩性文化的趨向，可以透過這些有趣的兩性用語，觀察出。雖然美國還不是一個男女完全平等的社會，但是從過去習慣使用男性的 he 或 man 來代表兩性的用語，已逐漸往中間方向靠攏。中文很多這樣的語彙裡面，卻還感覺不出對女性的禮讓。

無論如何，語言雖然只是一種表達工具，但能否適當的表達與對此語言的文化與風俗習慣的瞭解，有密不可分的關係。

## 八十七、藉由何種方式來學習英文，最有效率？

如果不以考試爲前提，那最有效率的方式是：「用」英語學英語。「用」這裡指「使用」之意。語言乃工具，需要拿來使用，透過使用，才能活化語言的學習，使腦部裡的語言資料產生慣性，自然就能顯示語言學習的效率。

之前提過，絕大多數在台灣的外籍新娘，可以在短短幾年間就把中文朗朗上口，是「用」英語學英語最好的一個中文實例。她們不需要先去知道什麼語言學習大道理，而只是去學習語言最基本的功能：在生活中如何使用中文（或閩南語或客家話）與人溝通。她們會學習想表達某種意思時，中文如何說，然後，基於她們所處生活環境的需要，同樣或類似的語句會一而再，再而三的不斷使用，而終究成爲她們習慣表達的一部分。

如果這些外籍新娘持續待在台灣不同的生活環境，她們所能運用的語句範圍就愈廣。通常，只要幾年就有很好的語言學習成效，有能力使用中文作日常基本生活溝通。因此，「用」英語學英語的方式也應該會有相同的效果。只是，目前台灣的英語學習並不能像在台灣的外籍新娘有自然的語言環境來實作，有其實行的問題。

## 八十八、老人學習英語單字發音，經常很難發得正確的語音，是否有辦法改善，促使有正確發音？

成人學習語言比較困難有諸多原因：社會、文化、個人等等因素。而老人學習英語除了這些因素之外，還增加一項原因：年齡。以目前標準而言，60 歲以上的人，才稱爲老人。通常，在長青學校的英文班裡，不乏六七十歲以上的學生，孜孜不倦地學習英文。

而由於年紀增長，造成包括腦部各方面靈敏度降低的因素，發音的確是這些老人學生們覺得很困難的項目，尤其是要學習那些自己母語系統裡沒有的語音。試想，都會有年輕學生對於學習這些中文不存在的語音，感到困擾了，更何況老人家呢？

基於世界語言語音的共通性及相似性，克服此問題的通則是，一、告知有那些音是中英文的類似音，那些不是，二、如果無法正確發出英文獨有的語音，使用替代音即可。中英文有那些類似音和英文獨有的語音呢？

中英文類似子音：

雙唇：p（=ㄆ）b（=ㄅ）m（=ㄇ）w（=ㄨ）
唇齒：f（=ㄈ）
齒齦：t（=ㄊ）d（=ㄉ）n（=ㄋ）s（=ㄙ）z（=ㄗ）
l（=ㄌ）r（=ㄖ）
硬顎：ʃ（=ㄒ）ʒ（=ㄐ）tʃ（=ㄑ）dʒ（=ㄐ）j（=ㄧ）
軟顎：k（=ㄎ）g（=ㄍ）ŋ（=ㄤ）
聲門：h（=ㄏ）
英文獨有子音：唇齒：v　齒間：θ、ð

中英文類似母音：

前母音：i（=ㄧ）ɪ（=ㄧ）e（=ㄟ）ɛ（=ㄝ）
中央母音：ə（=ㄜ）ʌ（=ㄜ）

後母音：u（=ㄨ）ʊ（=ㄨ）o（=ㄡ）ɔ（=ㄛ）a（=ㄚ）
雙母音：aɪ（=ㄞ）ɔɪ（=ㄛ一）aʊ（=ㄠ）
三母音：aɪə（=ㄞㄦ）
英文獨有母音：前母音：æ

中英文類似語音部分的學習使用注音符號輔助即可，而英文獨有之子、母音可用以下替代音來教學：

英文獨有子音之替代音：唇齒：v（使用ㄅ）齒間：θ（使用ㄙ）ð（使用ㄉ）
英文獨有母音之替代音：æ（使用ㄚ）

## 八十九、說話時中英文夾雜好嗎？

語言學裡提到一種符號轉換（code-switching）現象：一種含有兩種語言結構的句子。這種現象對講雙語的人來說並不罕見。例如，美國由於有眾多西班牙語系的中南美洲移民，這些操著西班牙語口音移民所講的英語，習慣上常夾雜西班牙語，形成符號轉換。這在中南美洲移民眾多的南加州常常可聽得到。

在台灣也到處可聽到這種國台語混雜的語句，特別是，當有些語音是閩南語無法發出，或某些國語的表達，閩南語裡並不存在，此時講話的人就會雙語轉換來表達。另外，現在在台灣，上至總統，下至升斗小民，講話時中英文夾雜，也已經很普遍、平凡。其實，過去這種中英文夾雜的語句是一種渡過洋，喝過洋墨水，或是知識份子的炫耀表徵。這種現象當然有其形成之歷史背景原因。過去還是戒嚴年代時，人民出國是有限制的，上大學也不像今日那麼容易，所以懂英文的人極其有限。於是，講中文時偶而夾雜個英文，在當時也就形成了一種身份地位的象徵。

然而，時空的變遷，平心而論，今日在台灣，這種中英文夾雜的符號轉換現象，已無過去那種表達炫耀的特殊功能，比較是一種英語教育普及之下的自然語言表現。這也反映出，今日台灣已非昔日戒嚴年代的台灣所可比擬：人民更自由了，教育更普及了，出國留學也不再是權貴子弟的專利。現在即使在台灣使用英語交談，都也不是什麼高貴的事了，更何況中英文夾雜！順其自然即可。

## 九十、理工科好的人，是不是在語言方面學習較弱？

一般似乎覺得，理工科與語文科是極其相對的領域，理工能力強就代表著語言能力弱；反之亦然，語言能力強就代表著理工能力弱。這種類推不知從何而來，完全不符邏輯。雖然之前提過，有理論認為女生天生的語言學習、興趣能力普遍比男生強些，但這並不代表多數念理工科的男生，語言學習方面就比較弱。

事實上，任何念理工科的人，不論男女生，都能夠把語言學好；反過來也是一樣，任何念語文科的人，不論男女生，都有能力把數理學好。差別只在過程的快或慢，辛苦或容易，但應該都具備此種能力。根據統計，托福考高分的人裡面，念理工科的人不比念語文科的人少。另一個有趣的現象是，在台灣的很多團體裡，英文最好的那個人常常都不是念語文科的人。

所以，攻讀理工領域的人，不能一直對自己進行自廢武功似的催眠，以致喪失學習語言的信心。雖然良好的記憶力對語言學習幫助頗大，但是語言方面的學習不是完全以記憶為主要，具備優越的數理邏輯思考也很重要。比如，理解能力強，對語言結構的瞭解就會比較容易，文法、音法、單字結構法的學習當然就會比較有好的效率。

## 九十一、如何才能聽得懂英文的連音？

由於英文句子的發音並非每個字分開一個一個念，所以英文的連音一直是英語聽力練習的一大主要項目，而有太多學生的聽力問題，都是無法聽得懂口語英語裡的連音現象。連音，顧名思義，是指，一個句子裡面，字與字在發音時出現的頭尾音相連一起發音的現象。例如，I was born in Chicago.由於英文的介系詞通常都是輕輕的發音，習慣上也常常和位於其前單字的尾音連結起來發音。born〔bɔrn〕裡的尾音 n 就會和介系詞 in〔ɪn〕裡的母音 I 連結起來一起發音成為〔nɪn〕。所以，born in 就會念成〔bɔr nɪn〕。其他類似這種結構的例子如下：

Aren't you〔arnt ju〕→〔arn tju〕
Get up〔gɛt ʌp〕→〔gɛ tʌp〕

Get out of〔gɛt aut av〕→〔gɛ tau tav〕
Stand up〔stænd ʌp〕→〔stæn dʌp〕
Wasn't it〔waznt ɪt〕→〔wazn tɪt〕
Did he〔dɪd hi〕→〔dɪ dhi/di〕
Did you see them〔dɪd ju si ðɛm〕→〔dɪ dju/ja si əm〕

美國英語還常把 be going to 裡的 going to〔ˋgoɪŋ tə〕連併發音爲〔gənə〕。類似這樣的發音構造還有 want to〔want tə〕發音爲〔wənə〕。〔t〕在此通常不發音，除非 want 之後有受詞〔to〕才發音，但是發音要輕。因此，掌握聽懂連音的訣竅就在於，瞭解這種口語語音的構造和表達，多聽，多練習，漸漸就能掌握。

## 九十二、如果要教導對文法完全沒概念的人，要從哪一部份教起比較適當呢？

跟對文法完全沒概念的人解釋文法，是非常困難的一件事。通常不鼓勵這麼做，效果不但差，而且常常會讓學習者心中產生打退堂鼓的心理。面對這種學生，一個比較建議的作法是，先讓他背誦英語 900 句裡的基本句型，然後再來說明文法，效果通常就好很多。

要求學生先背誦英語 900 句這樣做的理由是，爲了要讓他儲進足夠讓腦中的英語語言系統建立起來的資料，然後當再來解釋文法規則時，學生腦中建立的英語語言系統會自動啓動，接收有關文法的訊息，兩相對照所儲存的資料是否吻合。如果吻合，學習者心中會產生理解的感覺；如果不吻合，學習者心中就會產生疑問，而諮詢老師。所以，意思就是說，聽不懂文法的人，多數是腦中空空如也，完全沒有或只有一點點的英語資訊（＝平常沒怎麼讀英文的人），此時就需要先以建立他的英語語言系統為第一要務，再來教導文法。

## 九十三、普遍認為多 reading 能增進英文能力，但如果在讀原文書之前，先看中譯本的話，那會減少進步空間嗎？還是會對理解英文的能力會有不良影響？

對於剛學英文的人來說，閱讀附有中譯本的原文書，是不錯的自學方式，因為中譯部分扮演的角色就好像是一位 7-eleven 老師一樣，全年無休隨時提供翻譯的內容提供參考，很適合用來建立閱讀基礎。但是，對於已有程度的人來說，例如，大學外文／英語系的學生，則最好能擺脫對中譯本的依賴。

的確，現在有些大學文學、語言學課堂用書，都能在坊間找到中譯本。撇開翻譯的正確、適讀性問題不說，學生如果在讀原文書之前，先看中譯本的話，肯定會減少進步空間。原因在於，當你已經先把一篇文章的理解，輸入你腦中的中文語言系統，然後再回過頭來閱讀英文部分時，此時對文章的理解，就已經不全是你的英文語言系統所發揮的理解功能了，因為你的中文系統早已儲存相關的訊息，隨時能被語言理解區存取。

先中文後英文的閱讀方式也許適合短時間內的考試準備，但是長此以往，雖不致對理解英文的能力會有不良影響，但是對於英文閱讀能力培養的進步空間會出現緩慢，甚至停滯的現象，對於大學外文／英語系的學生來說，絕對該加以避免。

## 九十四、在台灣通常把英文母音 æ 稱為「蝴蝶音」，這是它的正式名稱嗎？

英文母音 /æ/ 習慣上稱爲「蝴蝶音」是因爲其形狀看起來像蝴蝶，以此稱呼，學生容易記憶。但，這不是它的正確名稱。語音學上，英文母音 /æ/ 的正確名稱是 Ash。事實上，所有英文的子音、母音都有名稱：

英文子音名稱：

阻塞音：/p/ → Lower-case P　/b/ → Lower-case B
/k/ → Lower-case K　/g/ → Lower-case G
/t/ → Lower-case T　/d/ → Lower-case D

摩擦音：/f/ → Lower-case F　/v/ → Lower-case V
/θ/ → Theta　/ð/ → Eth〔εð〕
/h/ → Lower-case H　/s/ → Lower-case S
/z/ → Lower-case Z　/ʃ/ → Esh〔εʃ〕
/ʒ/ → Yogh〔jok〕

塞擦音：/ tʃ / → T-esh ligature　　/ dʒ / → D-yogh ligature

鼻音： / m / → Lower-case M　　/ n / → Lower-case N
/ ŋ / → Eng〔εŋ〕

滑音：/ w / → Lower-case W　　/ j / → Lower-case J

邊音：/ l / → Lower-case L

捲舌音：/ r / → Lower-case R

英文母音名稱：

前母音：/ i / → Lower-case I　　/ ɪ / → Small capital I
/ e / → Lower-case E　　/ ε / → Epsilon
/ æ / → Ash

中央母音：/ ə / → Schwa　　/ ʌ / → Inverted V

後母音：/ u / → Lower-case U　　/ ʊ / → Upsilon
/ o / → Lower-case O　　/ ɔ / → Open O
/ a / → Script A

## 九十五、看電影學英文時，是否看英文字幕比較好？

看電影學英文時，英文字幕是否需要，端視自己的英文程度。初級程度也許還不適合做看電影學英文的訓練，因爲電影裡面充斥太多的非正式表達和俚語，這些英語結構並不適合作爲英語基礎。而且，如果一開始先學習這些語言，對於後來正式英語的學習會產生困難，這方面在寫作部分特別明顯。

英語中級程度的人，則可開始自我做看電影學英文的訓練。剛開始時，可以英文字幕一起看，但此時切不可看中文字幕，因爲看中文字幕就等於是在做中文閱讀的功能，無法增進英文聽力。而搭配英文字幕一起看的作用是，可以在聽到不懂的言語時，透過字幕瞭解其意，達到學英語認音的正確方向。時下很多坊間書店，都可以買到專爲電影學英文訓練所出版的 DVD 及搭配的英文劇情內容，且附中文翻譯，提供了自學者很好的教材來源。

至於英語中高級程度以上的人，已不建議英文字幕一起看。此時這種程度的人，多已具備看懂英文電影的能力，不需要依賴字幕來提升自己的程度（但有需要時，仍可透過字幕查詢少數不懂的地方）。反倒是需要多一點的全英文聽力實境的訓練，以利程度的進一步提升或保持實力。

## 九十六、香港人學習語言天分是不是比台灣人強？為什麼？

會問此問題，應該是覺得「香港人的英文好像都講得比我們好」。這個感覺的確有，但不是就因此可以類推「香港人學習語言天分比台灣人強」。也許有人忘了香港曾是英國的殖民地，當時英語是官方語言，很多人也都自幼即學習英文。因此，用英文溝通在香港很普通、自然，不是什麼了不得的一件事。所以，在這樣自然環境長大的香港人，英語流利乃正常之現象。

現在即使香港已回歸中國，中文已成爲官方語言，但是，英語是重要語言的傳統並沒有消失。反而，很多人的英文學習意願比以往有過之而無不及，而且，香港過去的殖民地基礎給學習英文提供良好環境。例如，很多不同層級的學校仍繼續使用全英語教學。很多香港人講流利英文的現象也就不足爲奇了。

但是，此現象和香港人的語言學習天分優劣無關，而是完全肇因於歷史的必然。何況，按此邏輯，是否新加坡人學習語言天分也比台灣人強呢？語言學看來，每個人的語言學習天分都是一樣的，切不可妄自菲薄。

## 九十七、到底要花多少時間，才足以完全熟悉運用自如一個語言？

以全世界的小孩子來說，一般一歲開始說話，二歲開始組合單字、片語，五歲能夠作流利的口語溝通，十歲時母語結構學習完成，僅餘仍需終身學習的字彙部分。但是，如以成人學習一外國語而言，此過程就因人、地而異。

因人而異是因爲，具有學習語言興趣、熱忱的人和被逼而學習語言的人，之熟悉運用自如一個語言的時程是不同的。而且單純考量人的因素，也不足以做出正確的時間預估。

因此，須再考量「地」的因素，也就是，因地而異是因為（以學習英語為例），在非英語自然環境的台灣學英文和在英語自然環境的國家、地區學英文，絕對有差異。所以，如果人、地都是加分因素的，大約十年時間可以達到次於母語運用自如的能力。反之，如果人、地因素都是減分的，時間不但遠超過十年，而且說不定根本無法達到次於母語運用自如的能力。

## 九十八、我們學習外語，常學到了一個程度後，能講的及寫的都有侷限，怎樣能夠讓自己的進度及程度更進一步呢？

根據統計，掌握一個語言的基本使用，僅需五、六千個單字。所以，如果一個人的語言使用，都停留在某個僅需要基本聽、說、讀、寫的生活層面，自然會覺得侷限，原地踏步。例如，如果你所從事的職業是燈塔管理員，你當然不需要太複雜的語言系統。

以學生而言，從小學→中學→大學，每個階段有其所需程度。如果到了大學程度，仍想讓自己的進度及程度再更進一步，則可繼續攻讀研究所。學習外語也是一樣，如果以全民英檢的程度區分當階段指標，初級→中級→中高級→高級→優級，每一階段都是可以讓自己的英語進度及程度再更進一步的學習目標，直到優級為止。所以，透過這樣的分級測驗，應該就不會感覺自己的英語進度及程度受到侷限。

## 九十九、新聞英文的重要性與實用性如何？

語言的學習講求廣博。學習英文也是一樣，任何領域都不放過的學習態度，才是能把英文學好的不二法門。更何況新聞英文的重要性與實用性？精通新聞英文，能使一個人無礙的隨時掌握世界最新訊息及新知，其實用性不言可喻。

新聞英文有新聞英文專用的字彙、用語結構。如果不是想從事新聞英文事業，新聞英文口說、寫作並非必學項目，可以擱置一旁。欲掌握新聞英文訊息，只要每日持續聽、讀新聞報導，假以時日即可進入狀況。更何況，今日世界各大英文媒體都設有網站，欲從事新聞英文的聽、讀練習相當方便。

## 一百、只在上口訓時有機會開口說英文，平時應該怎麼做才能增進自己口說的能力？

在英語聽、說、讀、寫的四個項目裡，「說」是唯一需要有人面對面與你做練習的項目，也是眾多學習者感到頭痛的一項英語能力訓練。事實上，語言學習要成功，學習態度一定要積極。如果口訓課的會話時間不夠，自己也不能坐以待斃，毫無對策。克服的辦法可以考慮：

1. 找志同道合的同學組成英語會話社，自己可以完全主動控制練習時間及其多寡。
2. 如果經濟許可，課餘安排自己上補習班的英語會話課。

3. 積極與外籍交換學生當朋友。
4. 積極參加學校外語資源中心／語言中心所舉辦之英語活動。
5. 有外籍教師上的課，勤作功課及問問題，並主動多與之接近、交談。
6. 結交須用英語交談的外籍網友。

只要有必學決心，無論採行以上任何方法，都能有豐碩的學習成果。

# 參考書目

中文部份：

Georges Jean.1987. L'écriture: memoir des homes.《文字與書寫：思想的符號》。曹錦清，馬振騁譯。時報文化出版企業有限公司，1994。

Frederick J. Newmeyer. 1986. Linguistic Theory in America. 2nd Edition. Academic Press.《當代美國語言學史》。吳釁銘譯。文鶴出版有限公司，1998。

侯維瑞：《英國英語與美國英語》〔台灣商務印書館，1995 年〕

英文部份：

Fromkin, Rodman, and Hyams. 2007. *An Introduction to Language.* 8th Edition/International Student Edition. Thomson Wadsworth.

Keith Brown and Jim Miller. 1991. *Syntax: A Linguistic Introduction to Sentence Structure.* 2nd Edition. Harper Collins Academic.

*Language Files*. 2004. 9th Edition. Department of Linguistics, The Ohio State University. The Ohio State University Press. Columbus.

Trask, R.L. 1999. *Key Concepts in Language and Linguistics*. London, Routledge.

William O'Grady, John Archibald, Mark Aronoff, and Janie Rees-Miller. 2005. *Contemporary Linguistics; An Introduction*. 5th Edition. Bedfore/St.Msartin's.

國家圖書館出版品預行編目

語言漫談 / 吳讋銘作. -- 一版. -- 臺北市：
秀威資訊科技, 2009. 04.
面； 公分. --（語言文學類；AD0011）
BOD 版
參考書目：面
ISBN 978-986-221-198-4（平裝）

1.英語教學 2.語文教學 3.問題集

805.103 98004170

語言文學類 AD0011

# 語言漫談

作　　者 / 吳讋銘
發 行 人 / 宋政坤
執行編輯 / 林世玲
圖文排版 / 鄭維心
封面設計 / 蕭玉蘋
數位轉譯 / 徐真玉 沈裕閔
圖書銷售 / 林怡君
法律顧問 / 毛國樑 律師
出版印製 / 秀威資訊科技股份有限公司
台北市內湖區瑞光路 583 巷 25 號 1 樓
電話：02-2657-9211 傳真：02-2657-9106
E-mail：service@showwe.com.tw
經 銷 商 / 紅螞蟻圖書有限公司
台北市內湖區舊宗路二段 121 巷 28、32 號 4 樓
電話：02-2795-3656 傳真：02-2795-4100
http://www.e-redant.com

2009 年 4 月 BOD 一版
定價：270 元

# 讀者回函卡

感謝您購買本書，為提升服務品質，請填妥以下資料，將讀者回函卡直接寄回或傳真本公司，收到您的寶貴意見後，我們會收藏記錄及檢討，謝謝！如您需要了解本公司最新出版書目、購書優惠或企劃活動，歡迎您上網查詢或下載相關資料：http:// www.showwe.com.tw

您購買的書名：________________________________

出生日期：________年________月________日

學歷：□高中（含）以下　□大專　□研究所（含）以上

職業：□製造業　□金融業　□資訊業　□軍警　□傳播業　□自由業

□服務業　□公務員　□教職　□學生　□家管　□其它______

購書地點：□網路書店　□實體書店　□書展　□郵購　□贈閱　□其他

您從何得知本書的消息？

□網路書店　□實體書店　□網路搜尋　□電子報　□書訊　□雜誌

□傳播媒體　□親友推薦　□網站推薦　□部落格　□其他__________

您對本書的評價：（請填代號　1.非常滿意　2.滿意　3.尚可　4.再改進）

封面設計____　版面編排____　內容____　文／譯筆____　價格____

讀完書後您覺得：

□很有收穫　□有收穫　□收穫不多　□沒收穫

對我們的建議：________________________________

________________________________

________________________________

________________________________

請貼
郵票

11466
台北市内湖區瑞光路 76 巷 65 號 1 樓

**秀威資訊科技股份有限公司** 收

BOD 數位出版事業部

.........................................................................................................

（請沿線對折寄回，謝謝！）

姓　　名：________________　年齡：________　性別：□女　□男

郵遞區號：□□□□□

地　　址：________________________________________

聯絡電話：(日) ________________ (夜) ________________

E-mail：________________________________________